신의 문장술

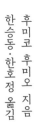

후미코 후미오 지음
한승동·한호정 옮김

신의 문장술

나를 키우는
무작정 쓰기의 힘

교양인
GYOYANGIN

쓰기만 해도 뭐든 잘 풀린다

이 책을 손에 넣은 당신은 정말로 운이 좋다. 이미 쓰고 있다면 운이 좋고, 쓰지 않고 있다면 운수 대통이며 지금까지 한 번도 써본 경험이 없다면 천운이라고 할 수 있다.

왜냐하면 쓰고 있는 사람도, 쓰지 않는 사람도 이 책을 읽기만 하면 마음 가는 대로 개성 넘치는 글을 쓸 수 있게 되고 고민이 사라지며 긍정적으로 살게 되어서 인생을 개척해 나갈 실마리를 잡게 될 것이기 때문이다.

나의 경우는 다음과 같은 고민거리들이 글을 씀으로써 사라졌고 삶이 좋은 방향으로 바뀌었다.

① 일터에서 생긴 좋은 일
  • '내 생각을 언어로 잘 표현할 수 없다'는 고민이 사라지고, 그렇게

어렵던 발표나 기획 제안에 내 생각을 그대로 담을 수 있게 됐으며, 영업 실적이 올라갔다.

- 이유는 없지만 좀처럼 친해지지 않고 서로 맞지 않는 상사에게서 받는 스트레스에서 벗어나고, 일을 원활하게 진행할 수 있게 됐다.
- 새로운 프로젝트를 시작할 때면 느끼던 불안이 자신감으로 바뀌고, 동료들에게 조언할 수 있을 만큼 여유가 생겼다.

② 나 자신에게 생긴 좋은 일

- '이렇게 살아도 괜찮은 걸까?' 같은 미래에 대한 막연한 고민이 옅어지고, 고민을 명확한 목표로 바꿀 수 있었다.
- 휴일은 점심이 지날 때까지 데굴데굴 누워서 보내는 식의 절도 없는 생활을 마감하고 나날을 충실하게 보내게 됐다.
- 처음 만나는 사람과 대화를 잘하지 못하는 '사람 사귀기 울렁증'에서 해방되고, 인간관계를 맺는 일이 크게 힘들지 않고 편해졌다.

③ 진로 계획에 생긴 좋은 일

- 책을 읽어도 내용이 머리에 들어오지 않는다거나 영화를 봐도 내용이 한쪽으로 들어와 다른 쪽으로 흘러나가버리는 한심한 상태에서 벗어나, 받아들이는 정보의 질이 향상되고 시간을 낭비하는 일이 줄었다.
- 글쓰기가 부업이 돼 수입이 늘었다.

- 내 실력은 다른 업계에서 통하지 않을 것이라는 패배자 의식을 떨치고, 잘 해낼 수 있다는 자신감이 생겨 이직에 성공했다.

들어간 돈도 없다. 휴식 시간이나 자기 전 틈새 시간을 이용했기 때문에 들어간 시간도 없다. 언제든 어디에서든, 누구라도 종이와 펜만 있으면 지금 이 순간부터 바로 실천할 수 있다.

이 정도로 실현 가능성이 높은 비법이 과연 지금까지 존재했던가?

쓰면 쓸수록 고민이나 망설임이 사라지는 이유

나는 전업 작가는 아니다. 식품 회사에 근무하는 평범한 회사원이지만 '하테나 블로그'(무료로 쓸 수 있는 블로그 서비스)의 독자 수는 유명인들을 제치고 정상에 있고, 전직 급식 영업 사원 시점으로 쓴 엔트리(투고) 원고는 하루 약 15만 조회 수를 기록하고 있다.

또한 직장 생활의 비애나 세상의 부조리한 일들을 이야기하는 트위터에서는 종종 논쟁을 불러일으키면서도 인기를 끌며 인터넷 뉴스 같은 곳에서 다뤄지고 화제가 되는 일도 다반사다. 그렇게 나는 20년 이상 글을 쓰고 있다.

"어떻게 그렇게 계속 글을 쓸 수 있나요?" "진심으로 글 쓰는 걸 좋아하시나 봐요!" 하고 놀라는 사람도 있다. 그때마다

"글을 쓰는 것이 저에게는 삶 자체입니다" 혹은 "글을 쓰다 보면 마음이 정화되거든요" 같은 그럴듯한 말을 하고 싶어지기도 한다.

하지만 꾹 참고 솔직하게 고백하겠다. "글 쓰는 것이 좋습니다. 하지만 좋아하기만 해서는 20년이나 계속할 수는 없습니다."

어떻게 계속 쓸 수 있었는가. 쓰면 쓸수록 마음먹은 대로 글을 쓰게 되고, 살아가면서 생기는 고민거리나 망설임이 사라졌기 때문이다. 인생이 좋은 방향으로 흘러갔기 때문이다. 내 인생을 원하는 대로 설계할 수 있게 되었기 때문이다. 매일매일이 충만하고 사는 게 즐거워졌기 때문이다.

이렇듯 쓰기에는 두 가지 효과가 있다. '마음먹은 대로 글을 쓸 수 있게 된다.' × '인생을 좋은 방향으로 흐르게 한다.'

나는 글을 씀으로써 작은 난관을 돌파하는 경험을 여러 번 했다. 업무와 관련된 위기를 넘길 수 있었고 사적인 고민으로 속을 썩이는 일도 없어졌다. 20년간 계속할 수 있었다가 아니다. 20년간 그만둘 수 없었다.

한편 막상 '자, 한번 써보자!' 하는 단계가 되면 어찌하면 좋을지 몰라 막막해져서 포기해버리거나 재능이 없다고 절망하는 사람이 많지 않을까. 나도 마찬가지였다. 하지만 안심하시

라. 그건 그냥 쓸 준비가 안 되었기 때문이다.

준비는 내 안에 '글감'을 쌓아 올리는 것이다. 어렵게 느껴질지도 모르겠다. 하지만 괜찮다. 누구나 간단하게 할 수 있다.

글쓰기를 인생의 무기로 삼는 법

'글감' '쓰고 싶은 것' '써야 할 것'을 만들면 누구나 글을 쓸 수 있다. 저절로 개성 넘치는 글을 쓸 수 있게 된다. 이 책은 '글감' 만드는 방법을 제시하지만 문장 테크닉이나 메모법 같은 기술에 관한 책은 아니다.

글감을 만든다고 하면 어렵게 들릴지도 모르지만 어이없을 정도로 간단하다. 요령만 약간 알면 글감은 엄청 간단하게 만들 수 있다. 그저 평범한 회사원인 내가 인터넷에 올린 글을 많은 사람들이 읽고, 지금 내가 이렇게 책을 집필하고 있는 상황이 누구나 간단하게 쓸 수 있다는 사실을 증명해준다.

그리고 '글쓰기'는 '이야기하기를 통해 행복한 삶' 만들기로 이어진다. '내가 원하는 글을 쓰는 것'과 '행복한 삶 만들기', 이것들은 말하자면 자전거의 두 바퀴다. 어느 하나라도 없으면 앞으로 나아갈 수 없다. 일거양득의 호사스럽고 마법 같은 기술이기도 하다.

'인생이 더 좋은 방향으로 흐른다'란 말은 '인생이 저절로 좋아진다'는 의미가 아니다. 더 주체적으로 '내 손으로 헤쳐 나간다'는 뜻이다. 내 인생은 나 자신의 것이다. 따라서 자신의 힘으로 살아가는 수밖에 없다. 그리고 남의 힘을 빌리지 않고 스스로 헤쳐 나가는 것이야말로 가치 있는 일이다.

나는 이 책에서 어떻게 글감을 마련하고, 글쓰기를 통해 인생을 어떻게 좋은 쪽으로 나아가게 할 수 있었는지 지금까지 얻은 비법과 경험을 밝힐 것이다.

'글쓰기라는 행위를 인생의 무기로 삼는 방법'을 숨김없이 전부 말하겠다. 바꿔 말하자면 이 책은 '글쓰기'를 무기로 삼아 끝까지 싸워 나가는 사람들을 위한 생존 지침서이다.

'수상하다' '뭔가 다른 속셈이 있는 것 아닌가' 하고 의심하는 사람이 있을지도 모르겠다. 아무런 속셈도 없다. 얼마 전에 나는 47살이 되었다. 인생의 반환점을 돌았으니 조금씩 공덕을 쌓아야겠다고 생각했을 뿐이다. 지금부터라도 덕을 쌓으면 아슬아슬하게나마 천수를 누릴 수는 있지 않을까, 하고 생각한 것이다.

말하자면 이 책은 나의 죽음 준비 활동인 셈이다. 그리고 이 책을 '쓰면서' 나도 내 인생을 한층 더 좋게 만들고 있다.

쓰기만 하면 당신도 천재가 된다

이 책은 쓰고 버리는 방식을 통해 인생이 어떻게 좋아지는지 구체적인 예를 들어 알려준다.

1장은 개론이다. 버리겠다고 마음먹는 것부터 '쓰고 버리기 방식'까지 구체적으로 설명한다. 쓰고 남기기와 쓰고 버리기의 차이, 글쓰기로 발상을 하는 과정을 설명하고 앞으로 올 시대를 살아가기 위한 세계관의 필요성을 이야기한다.

2장에서는 쓰기를 문장 작성을 넘어 사고와 의식을 언어로 변환하는 작업이라고 정의한다. 그리고 '생각하기'보다 '쓰기'가 우월함을 보여준다. 또한 기록(메모)과 창조(쓰기)의 상호 작용이 더욱 창조적인 결과물을 만들어낸다는 것과 세계관 만드는 방법을 누구나 실천할 수 있도록 구체적으로 해설한다.

3장에서는 최근 인기를 누리는 '흔들림 없이 사는 법'의 반대 방법으로서 '흔들리며 사는 법'을 제안한다. '제대로 흔들린다'는 것은 무엇인지, 쓰기가 어떻게 제대로 흔들리는 인생으로 이끌어주는지 설명하면서, 글쓰기가 삶에 끼치는 영향을 말한다. 지금의 흔들리고 있는 생활 방식을 조명해볼 수 있을 것이다.

4장에서는 쓸 수 없는 이유를 하나하나 살펴보고 그 이유들을 반박함으로써 누구나 손쉽게 쓸 수 있음을 보여준다. 글을 쓰지 못하는 이유를 하나씩 지워 가면서 쓸 수 없는 이유가 대부분 잘못된 확신이라는 것을 분명히 밝힌다. 기술보다 중요한 것은 무엇인지 이야기한다.

5장은 쓰기의 최종 목적인 '이야기'를 말하는 장이다. '이야기한다는 것은 무엇인가' '이야기한다는 행위가 인생에 무엇을 가져다주는가'를 설명하는 '이야기 권유'부터 누구나 쉽게 이야기할 수 있도록 '이야기하기'의 난이도를 낮추는 방법을 다룬다.

6장은 정리하는 장이다. 글쓰기가 어떻게 인생을 좋은 방향으로 이끄는지 구체적으로 보여주겠다. 의식 수준이나 기분뿐만 아니라 글쓰기가 현실에서 인간관계를 어떻게 바꿔 나가는지 그 메커니즘을 밝힌다. 독자들이 글쓰기를 위한 추진제로 삼아주기를 바란다.

마지막은 실천 편이다. 글쓰기가 인생을 어떻게 좋은 쪽으로 이끄는지 식품 회사에서 일하는 회사원 후미오의 성공 과정을 이야기를 통해 보여줄 것이다. 또 글을 쓸 때 문제가 되는 점들을 문답으로 정리했다. 이 책의 마무리지만 독자들은 글쓰기의 안내문으로 활용할 수 있을 것이다.

인생에 너무 늦은 건 없다

이제부터 하는 말은 전부 내 경험을 토대로 한 것이다. 특별한 사람의 특별한 경험이 아니라, 평범한 회사원으로 살아온 내 경험이니 많은 사람들이 "나도 그런 적 있어" "할 수 있겠네" 하고 공감할 수 있을 것이다.

전망이 불투명한 세상이다. 코로나-19(COVID-19)가 확산되면서 친구와 차를 마시며 하릴없는 담소를 나누는 것조차 어려워지리라고 누가 상상이나 했을까. 일과 생활, 학업도 앞으로 어떻게 될지 모른다. 불안이나 고민거리를 안고 있는 사람도 많을 것이다.

유감스럽게도 앞으로 틀림없이 힘든 시대가 올 것이다. 멍하니 있다가는 따라잡을 수 없이 내팽개쳐지는 시대, 눈치 채기도 전에 승자와 패자가 결정되는 '조용한 전쟁'과 같은 시대다. 그저 막연히 아무 무기나 들고 있어서는 안 된다. 실전에 사용할 수 있는 무기가 없으면 승률은 낮아질 것이다. 싸움을 시작조차 못할지도 모른다.

일이나 학업에 매진하며 하루를 낭비하지 않고 성실하고 신중하게 살아가기만 하면 무기를 찾을 수 있을까? 인도 언저리까지 자아 찾기 여행이라도 떠나면 무기를 찾을 수 있을까?

그럴 리가 없다. 왜냐하면 당신의 '무기'는 역할 수행 게임(role playing game)처럼 세상 끝에 있는 것이 아니라 이미 당신 안에 있기 때문이다. 무기는 당신 안에서 알처럼 잠자고 있다. 내면에 있는 그 알을 찾아서 품어 부화시킬 수 있는 사람은 당신뿐이다. '글쓰기'는 알을 부화시키는 행동이자 무기를 찾아내서 벼리는 행동이다.

평범한 중년의 회사원인 나는 지금 이렇게 불안이나 고민에 휘둘려 나가떨어지지 않고 살아가고 있다. 책을 출판하고, 인터넷 매체에 연재할 수 있는 기회를 얻어 평범한 직장인은 하기 힘든 경험도 하고 있다.

이 모든 게 끊임없이 쓰다 보니 얻은 것들이다. 모든 변화의 시작은 '이대로 아무것도 하지 않고 그냥 일만 하다가는 인생이 끝나버릴 것'이라는 막연한 고민을 하다가 어떻게든 해보고 싶어서, 눈앞에 있던 종이에 나를 둘러싸고 있는 것들을 휘갈겨 쓴 순간이었다. 거기서부터 거짓말처럼 인생이 달라졌다. 지금 이렇게 글쓰기에 관한 책을 집필하고 있는 것도 전부 처음 글을 쓰면서 시작됐다.

쓰기만 하면 된다. 필요한 건 한 걸음 내디딜 용기다. 처음으로 보조 바퀴 없는 자전거를 타고 페달에 발을 얹어 힘을 줬을 때 필요했던 용기와 자전거가 달리자 새로운 세상이 펼쳐진 그 근사했던 순간을 다시 떠올려줬으면 좋겠다.

우선은 무리하지 말고 할 수 있는 것부터 하자. 누구든지 이 책에 있는 '쓰고 버리기'로 점점 인생이 충실해질 것이다. 지금 이 순간부터 풍요롭고 가치 있는 미래를 손에 넣기 위한 한 걸음을 함께 내디뎌보자.

인생을 바꾼
20년 글쓰기 원칙

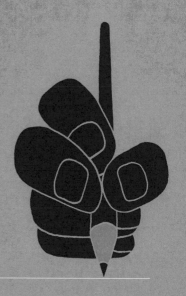

글을 써야 하는 이유

글로 쓰면 고민이 사라지는 명확한 이유

'글을 쓰려면 어떻게 해야 하는가'라는 중심 주제로 들어가기 전에, 글쓰기를 통해 얻을 수 있는 것들을 꼽아보자. 긍정적인 효과를 확인하면 '이런 좋은 것이 있다니!' 하고 해볼 마음이 생길 것이다.

> **글쓰기를 통해 얻을 수 있는 것**
>
> - 고민이나 망설임이 사라진다.
> - 하고 싶은 것을 찾게 된다.
> - 좋은 인간관계를 쌓을 수 있다.
> - 하루하루를 충실히 보내게 된다.
> - 글을 내가 원하는 대로 빠르게 쓸 수 있게 된다.

- 자신의 무기가 될 개성을 찾아 연마할 수 있다.
- 많은 사람들에게 읽히는 블로그를 운영할 수 있게 된다.

나는 20대의 끝 무렵에서 30살이 될 때까지 큰일부터 사소한 일까지 많은 고민을 안고 있었다. 예를 들자면, 늘 그렇듯이 '동기들은 별로 힘들이지 않고 업무 할당량을 채우는데, 왜 나는 목표량을 달성하는 데 이렇게 온갖 고생을 하나. 능력이 모자라는 건가' '상사가 이해할 수 없을 정도로 나를 가혹하게 대한다. 날 싫어하는 건가' 같은 일과 관련한 고민부터 '이대로 멍하니 숨만 쉬며 살다가 인생이 끝나도 괜찮을까' '왜 사람들은 서로 싸우고 죽이는 걸까, 왜 전쟁은 사라지지 않는 걸까' '노스트라다무스의 예언대로 인류 멸망이 몇 년 뒤에 현실이 되는 것은 아닐까' 같은 철학적인 고민까지. 일일이 세어보면 열 손가락을 다 동원해도 모자랄 정도였다.

하지만 '글쓰기'로 거의 모든 고민이 해소되었다. 이제 와서 돌이켜보면 고민은 '가능성'이었다. 그러니까 지금 고민이 많은 사람은 안심하기 바란다. '고민하는 상태'는 진지하게 인생과 마주하고 있는 상태이기 때문이다. 멍하니 빈둥빈둥 사는 사람보다 인생을 개척해 나갈 수 있는 가능성, 성장할 수 있는 가능성이 크다.

글쓰기를 통해 고민과 마주할 수 있다. 마주한 고민은 나의 양식이 되고, 그 힘을 바탕으로 삼아 또 새로운 고민과 맞설 수 있게 된다. 새로운 고민에 대해서 쓰면 그 고민이 새로운 양식으로 바뀐다.

계속 꾸준히 쓰기는 지루하고 끈기가 필요한 행동이다. 하지만 계속 쓴다면 확실하게 나이테를 늘려 가는 큰 나무처럼 성장할 수 있다. '쓰기'를 통해 '고민'을 '가능성'으로 바꿀 수 있다. 고민이 나의 힘이 된다.

아직 보지 못한 진정한 자신을 알기 위해 쓴다

"후미코 선생님의 글은 세계관이 굳건해서 단번에 알 수 있습니다. 요즘 세상에는 쓰고 싶어도 쓸 수 없는 사람, 세계관이 없어서 고민하는 사람이 많거든요."

담당 편집자에게 이런 말을 듣고 깜짝 놀랐다. 이 말을 듣기 전까지 내게 확고한 세계관이 있다는 자각이 없었기 때문에 뜻밖의 나를 발견한 것이다. 그러고 나서 나의 의식은 180도 바뀌었다.

좀 주제넘은 말로 들릴지도 모르지만 '쓰고 싶어도 쓸 수 없는 사람' '세계관이 없어 고민하는 사람'에게 내가 체득해 온 것을 전할 수 있지 않을까 생각한 것이다.

'나는 아무런 내세울 것도 없는 평범한 직장인이지만, 쓰는 것에 대해서라면 누군가에게 도움이 될 수 있을지도 모른다.'

'예전의 나처럼 필요 이상으로 고민거리를 안고 있는 사람을 편하게 해줄 수 있을지도 모른다.' 그렇게 생각하니 이제까지 내가 한 경험과 거기서 얻은 기술을 알기 쉽게 언어화해서 노하우로 만들어보고 싶다는 욕구가 꿈틀꿈틀 머리를 쳐들었다.

그래서 우선 '글쓰기'를 중심으로 해서 내 과거를 돌아봤다. 그러자 글을 써서 인터넷에 업로드하기 시작한 시기부터 인생이나 세상을 바라보는 관점과 태도가 명확해지고, 매사를 유연하게 생각할 수 있게 되었다는 사실을 깨달았다. 고민을 대하는 방식이 발전하고, 세상의 변화에도 어렵지 않게 대처할 수 있게 됐다. 어지간한 일로는 주눅 들지 않게 됐다.

부조리한 사건에 대한 분노나 장래에 대한 불안, 재미없는 일거리나 다가오는 실적 마감, 일반적 방식으로는 통하지 않는 상사, 제멋대로인 고객……. 나를 둘러싼 이런 것들에 씨름판 경기처럼 정면으로 맞닥뜨리는 것뿐만 아니라, 예전의 천재 복서였던 무하마드 알리의 방어 자세처럼 화려하게 몸을 돌려 피할 수 있게 되었다.

예를 들면 생트집을 잡는 상사에 대해서 '상사' '왜' '생트집'을 키워드로 삼아 글을 씀으로써 상사의 초조함이 드러난 것을 알아차리게 되고, '상사는 허둥대고 있을 뿐이다'라고 생각하며 여유 있고 냉정하게 대처할 수 있게 되었다.

한마디로 말하면 훈련 부족이다. 복싱이든, 사회생활이든,

인터넷이든 훈련 없이 실전에 뛰어들면 나가떨어지는 것이 당연하다. '쓰기'는 인생 훈련이다. 글쓰기를 통해 내일을 어떻게 살아갈 것인지 시뮬레이션하면 자신만의 전투 방법을 찾을 수 있다. 계속 씀으로써 자기만의 싸우는 방법을 단련해 간다. 그것이 쓰는 행위다.

자유로운 마음으로 '쓰고 버리기'

'써서 남기기'가 아니라 '쓰고 버리기'

'어떻게 하면 쓸 수 있을까?'라는 질문에 답한다. '쓰고 버리기'를 하자. 쓰고 버리기는 내가 고난으로 가득 찬 직장 생활을 거쳐 겨우 도달한 나만의 비법이다.

말 그대로 종이에 연필이나 볼펜으로 마음 가는 대로 쓰고 나서 남기지 않고 버리는 방법이다. 물론 당신 또한 지금까지 몇 번이나 쓰고 버리기를 해봤을 것이다. 수많은 종이에 아이디어를 적고, 구겨서 버리고, 찢어서 버리고……. 오히려 쓰고 버리기를 해본 적 없는 사람이 드물지도 모르겠다. 다만 이 방법은 무의식적으로 하면 효과를 기대할 수 없다. 명확한 목적의식이 있어야 쓰기의 이익을 기대할 수 있다.

나는 이렇게 계속하고 있다. 마음에 걸리는 게 있으면 쓰고는 버린다. 남기지 않으니까 자유롭게 나의 언어로 쓸 수 있다. '써서 남기기'라는 규칙을 세울 경우, 이 규칙은 적지 않은 압박으로 작용한다. 블로그 같은 곳에서 특히 그렇다. 물론 버튼 하나로 언제나 삭제할 수 있지만 남기겠다(다른 사람들에게 공개한다)고 결심하고 나면 아무리 이런 상황에 익숙해진 나라도 어깨에 힘이 들어간다.

트위터라면 더 그렇다. 트위터는 글을 수정할 수가 없다. 고작 140자라고 해도 오자, 탈자에 대한 걱정과 악플, 인용 조리돌림 같은 반응을 생각하면 여간해선 가벼운 마음으로 투덜거리기 어렵다. 남기는 게 부담이 된다면 '쓴 것은 버린다'고 먼저 작정하면 어떨까.

마음이 가벼워지고, 얼마든지 펜을 움직일 수 있을 것 같다. 그러면 마음이 자유롭고 여유로워지면서 그때까지는 느낄 수 없었던 것까지 알아챌 수 있게 된다. 정신의 영역이 넓어진다. 이건 대단히 중요하다.

'펜이 미끄러진다'라는 말이 있다. '신명이 난 나머지 쓸데없는 말(잘못된 것)을 써버린다'는 부정적인 뜻으로 쓰이는 말이지만, 그래도 이건 긍정적인 일 아닐까? 그도 그럴 것이 내 안에서 자유자재로 말이 끓어오르는 상태가 되는 것만으로도 멋진 일이기 때문이다. 쓰는 것 정도는 자유롭게, 신명나게 해보자.

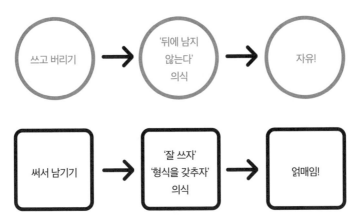

'쓰고 버리기'와 '써서 남기기'의 차이

메모나 노트나 일정 수첩처럼 '써서 남기는 것'에는 나중에 다시 읽으며 공부에 참고로 활용한다거나, 기억을 보충하려는 의도나 목적이 있다. 다시 읽기 위한 글은 어느 정도 형식을 갖출 필요도 있다.

그에 비해 '쓰고 버리기'는 남기지 않는 것이 전제이기 때문에 목적이나 의도나 필요성에 얽매이지 않는다. 체계를 갖출 필요도 없고, 홀가분하고 자유롭게 쓸 수 있다. 오히려 엉망으로 쓰더라도 괜찮다.

문득 마음속에 떠오른 시시한 아이디어(게다가 언어화도 되지 않았다)를 동료들 앞에서 화이트보드에 그대로 쓸 수 있을까? 어렵다. 이상한 시선으로 흘겨보거나 비난을 들을 위험성도 있다.

독자가 있으면 자유롭게 마음 가는 대로 쓸 수 없다. 하지만 아무에게도 보여주지 않고 나중에 다시 볼 일도 없는 글이라면 어떤 것이든지 쓸 수 있다. 자기 말고는 이해할 수 없는 말을 쓰거나 그림으로 그려도 괜찮다.

쓰고 버리기는 나 홀로 노래방이다. 관객이 없는 나 홀로 노래방이라면 음정이 틀리거나 가사가 엉망진창이어도 자유롭게 부를 수 있다. 노래 편곡도 내 맘대로 선택할 수 있다. 쓰고 버리기는 나 홀로 노래방과 마찬가지로 규칙이나 상식에서 벗어나 자유로운 상태를 만들어준다.

'쓰고 버리기'는 어떻게 할까?
① 종이에 쓴다(이면지도 괜찮다).
② 남기지 않겠다고 마음먹는다.
③ 지우개나 수정액으로 지우지 않는다(삭제는 선을 그어서).
④ 반드시 버린다(남이 볼까 걱정되면 꾸깃꾸깃 구겨서 버린다).

내 경우에는 쓰고 버림으로써 내가 서 있는 위치가 명확해지고 세계관이 세워졌다. 그 세계관을 통해 관찰한 것을 토대로 블로그에 글을 쓰니 독자도 점점 늘어났다. 글을 통해서 나라는 사람에게 관심을 보이는 사람이 늘어난 것이다.

내가 쓰고 버린 주제는 이런 것들이다. '일이 잘 안 되는 것은 뭣 때문일까?' '후배나 상사와 겪는 세대 차이는 어떻게 대처해야 좋은가?' '팀을 운영하며 경험해본 적 없는 문제에 직면했을 때 타개책은?' '경쟁사를 압도할 수 있는 기획 아이디어를 떠올리고 싶다.' 평범하게 살아가는 사람들에게 있을 법하고 흔해 빠진 고민이지만 웬만한 수단으로는 해결할 수 없는 것들이기도 하다.

쓰고 버리기를 계속하다 보니 '이렇게 살아서는 안 된다'는 초조함과 고민이 뒤섞인 찜찜한 기분도 점차 사라졌다. 이후 오늘까지 편하게 살 수 있었다. 정신 차리고 보니 블로그와 쓰고 버리기를 시작한 지 20년 가까이 흘렀다.

반드시 손으로 써야 생기는 발상이 있다

이야기가 좀 옆길로 새지만, 실제로 손을 움직여 쓰는 것 자체가 발상을 낳는 경우가 있다. 그냥 스마트폰의 화면을 터치하거나 컴퓨터의 키보드를 두드리는 것보다 종이에 쓰는 편이 품이 많이 들어가는 만큼 뇌에 자극을 줘서 발상을 낳는 것이리라. 같은 소재라도 키보드를 두드리는 것과 종이에 쓰는 것은 조리법이 다르기 때문에 결과물도 달라진다. 나는 편집자를 몇 사람 알고 있는데, 그들은 모두 컴퓨터와 공책을 사용한다. 아마도 조리법의 차이에 따라 결과물이 달라진다는 것을 알고 있는 게 아닐까.

3살부터 고등학교를 졸업할 때까지 나는 피아노를 배웠다. 피아노 선생님은 입버릇처럼 "피아니스트가 나이를 먹어도 치매에 걸리지 않는 이유는 모든 손가락을 움직여서 뇌가 계속 자극을 받기 때문"이라고 말했다. 확실히 블라디미르 호로비츠나 에밀 길렐스 같은 위대한 피아니스트도 죽기 직전까지 연주 활동을 했다. 실제로 손을 움직여서 자극을 주는 것이 뇌와 창조에 좋은 영향을 주지 않을까?

한번은 경영에 관한 방송에 호시노 리조트의 사장인 호시노 요시하루가 출연했다. 그는 2020년 코로나19 유행 이후, 직원들과 소통하기 위해 블로그를 쓰기 시작했다고 이야기했다. 그때 호시노 요시하루는 컴퓨터, 태블릿, 스마트폰 이 세 가지 도구로 블로그에 글을 썼다. 컴퓨터와 태블릿으로 개요와 초안을 쓰고 스마트폰으로 완성하는 방식이었다. "왜 도구를 세 가지로 나눠서 쓰는가"라는 물음에 호시노는 "도구를 바꾸면서 실제로 손을 움직이면 다른 아이디어(발상)가 떠오르기 때문"이라고 대답했다.

실제로 손을 움직이는 것이 발상을 낳고, 도구가 바뀌면 다듬어져 나오는 발상도 바뀐다. 손을 '움직이기=쓰기'도 머리를 쓰는 것과 같이 발상을 낳는 수단인 것이다. 나는 '쓰고 버리기'를 하는 중에 발상을 얻은 적이 몇 번 있다.

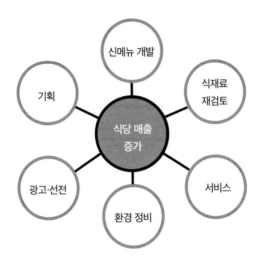

　몇 년 전에 어느 식당의 매상 부진을 개선하기 위한 기획 제안 때문에 고민하고 있던 때였다. 우선 '식당의 매상 증가를 위해서는?'을 주제로 삼아 대책을 써 나갔다.

　'신메뉴 개발' '식재료 재검토' '서비스' '환경 정비' '광고·선전' '기획'이라는 대책을 생각나는 대로 써 나갔다. 쓰는 도중에 '환경 정비'에는 아직 손을 대지 않았다는 사실을 깨달았다. 그래서 '환경 정비'에서 다시 시작해 '음악 틀기' '영상 내보내기' '관엽식물', 이런 식으로 써 가다 이런 서비스들이 구독제로 운영된다는 사실을 깨달았다.

　'구독제'라는 깨달음을 쓰고 나서 나는 이 '쓰고 버리기'를 쓰레기통에 던지고 잠을 잤다. 다음 날 다시 한번 식당의 매상

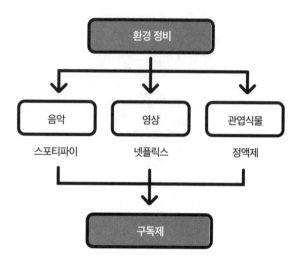

을 올리기 위한 대책을 생각하기 시작했을 때, '식당 매출 상승'
과 '구독'을 연결하는 '발상'이 떠올랐다.

쓰고 버리기를 통해 나는 '식당 자체를 구독제로 운영한다'
는 기획을 떠올렸다. '식당 매출 상승'과 '구독'을 연결할 수 있
었던 것은 실제로 손을 움직여서 쓰고 버렸기 때문이다.

생각이 막히면 머리를 싸매고 생각만 할 게 아니라 실제로
손을 움직여서 써보자. 쓰기는 '생각하기'와는 다른 각도에서
상황을 보는 방법이다. 틀림없이 돌파구를 찾을 수 있을 것이
다.

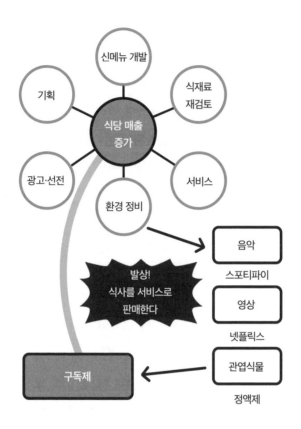

글을 쓰면 관점이 생긴다

'쓰고 버리기' 이야기로 돌아가자. 하루에 3분이라도 좋고, 전단지 뒷면이라도 좋다. 관심사와 고민거리를 두고 손을 써서 연필이나 펜으로 계속 써보기 바란다. 쓴 것을 보고 '이건 안 되겠다' 하고 버리는 게 아니라, 처음부터 버릴 생각으로 쓴다. 이것이 비법이다.

거짓말 같다고 생각할지도 모르겠지만 마음을 열고 읽어줬으면 한다. 나는 고민거리를 쓰고 버린 다음부터 쓸데없이 고민하지 않게 되었다.

우리들은 쓸데없는 고민에 사로잡혀서 고민해야 할 진짜 고민에 대응하지 못하고 있다. 나는 쓰고 버림으로써 쓸데없는 고민에서 해방되어 대응할 만한 가치가 있는 진짜 고민에 대해 생각할 수 있는 상황을 만들 수 있었다. 쓰기만으로 왜 쓸데없는 고민이 사라지는가, 방법과 메커니즘에 대해서는 이후의 장에서 얘기하겠다.

머리말에서 "글감을 만들면 쓰는 것은 쉽다"고 말했다. 쓰고 버리기만 해도 쓸 것을 자기 안에서 만들어낼 수 있다. 대상에 관해 쓰고 버리는 일은 그 대상을 자신의 말로 변환하는 일이다. 말로 변환할 때에는 그 대상을 어떻게 볼 것인가라는 세계

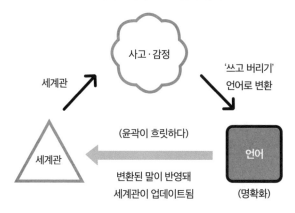

쓰고 버리면 세계관을 만들 수 있다!

관이 필요하다. 세계관을 가지고 세상을 관찰함으로써 '글감'
이 쌓여 간다. 즉 쓰고 버림으로써 세계관이 만들어지고 동시
에 '글감'이 축적된다.

세계관이란 무엇인가? 간단히 정리해보면, '세계와 관계를
맺는 법' '세계를 보는 법, 볼 수 있는 법'인데 어떤 사람의 모습,
개성의 바탕이 되는 것이다.

보통 뛰어난 창작물을 접했을 때 "대단한 세계다"라고 하기
보다 "대단한 세계관이다" 하는 감탄이 저도 모르게 입에서 튀
어 나온다. 우리들은 창작물을 통해서 우리와 같은 인간인 창
작자가 세상을 보는 법에 감동한다.

세계관이 있으니까 쓸 수 있는 게 아니라 '쓰기'를 통해 세계관이 만들어지는 것이다. '세계관이 없으니까 쓸 수 없다'는 건 오해다. 오히려 그 반대가 맞다. 쓰지 않으니까 세계관을 구축할 수 없다.

자신의 위치와 대상과 거리를 의식하며 자신만의 언어로 세계를 만들어낸다

'세계관'은 '세계 속에서 살아가는 인간의 존재 방식' '세계는 이런 것이라는 존재 방식', 또는 단순히 '세계를 보는 방식·사고방식'까지 폭넓은 의미를 지니고 있다. 이 책에서는 '세계관'을 '세계를 보는 방식·사고방식'이라는 간단한 의미로 사용한다. 다만 세계관에 어떤 의미가 담겨 있든 자신이 서 있는 위치를 모른다면 세계관은 구축될 수 없다. 거꾸로 말하면, 자신의 위치가 정해져 있으면 세계관을 가지는 것은 간단하다.

예컨대 비참한 사건 뉴스가 나오면 많은 사람들은 분노나 슬픔을 느낀다. 눈물을 흘리기도 한다. 감정을 품게 되는 과정은 사람마다 다르다. 이제까지 살아 온 인생, 가정 환경, 몸 상태 따위가 배경에 있을 것이다. 사람마다 다르며 똑같은 것은 하나도 없다.

또 다른 예를 들어보자. '동물 사랑'이라는 주제가 있다. '고양이에 빠져 있는 사람'은 고양이에 관한 뉴스가 TV에 나오면 바로 화면을 뚫어져라 볼 것이다. 반면 '개에 빠진 사람'이나 '동물에 무관심한 사람'은 무심하게 지나칠 것이다.

'애묘가'의 세계관과 '애견가'의 세계관, 그리고 '동물에 무관심한 사람'의 세계관은 각각 다르다. 하지만 그 차이야말로 멋진 부분이라고 생각한다. '나는 애묘가'라며 자신의 위치를 어렴풋하게나마 의식하면 애묘가 세계관으로 구축되어 쓰기가 빨라질 것이고, '쓰고 버리기'를 더 쉽게 습관화할 수 있을 것이다.

또한 쓰지 못하고 주저앉아버린 상태를 타개하는 계기가 될지도 모른다. 따라서 글쓰기를 시작하기 전에 자신이 어떤 사람인지 어느 정도 파악해 두는 것이 중요하다. 흥미 있는 일이 생겼다면 글로 쓰고 버려보자. 우선 그 일이 생겼을 때 처음으로 끓어오른 감정을 자신의 말로 구체화한다. 그러고 나서 왜 그런 감정을 품게 되었는지 더듬어 가며 자신의 말로 만든다.

의식이나 생각은 초 단위로 덮어쓰기를 당한다(잊힌다). 쓰지 않는 것은 발자국을 남기지 않고 무작정 달려 나가는 것과 같다. 나중에 되돌아봤자 발자국은 사라져서 찾을 수가 없다. 쓰기를 통해 의식이나 사고의 움직임에 일시 정지를 걸거나 다시 돌아가 생각할 수 있다. 생각이나 감정의 갈래를 더듬어 갈 수 있다. 쓰기만으로도 맹렬한 속도로 나아가는 사고와 감정과 상상을 추적할 수 있게 된다.

생각은 변해 간다.
인상 깊은 것으로 덮어씌워진다.

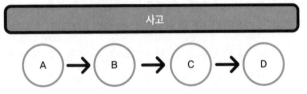

기본적으로 순서대로 나아간다. 새로운 것으로 덮어씌워진다.

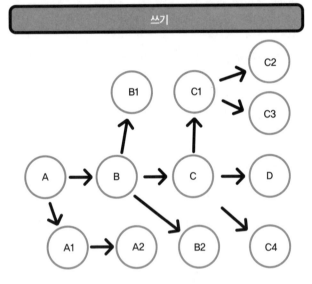

어떤 시점이든 되돌아가 생각을 전개할 수 있다.

이렇듯 쓰기를 하면 대상과 나의 거리나 내가 서 있는 위치가 명확해진다. 이렇게 거듭 쌓아 가면 세계관이 구축된다. 자신의 위치와 대상과의 거리를 의식하면서 자신의 말로 쓰기만 하면 된다. 형사 드라마에 나오는 현장 감식처럼 감정이나 사고를 남김없이 주워 가기만 하면 된다. 이건 쓰기만이 할 수 있는 일이다.

쓰기 전에 자신을 단정 지어선 안 된다

아직 쓰지 않은 상태는 지금부터 완전히 새로운 세계관을 구축할 수 있는 기회다. 백지 위라면 어떤 세계관이라도 그릴 수 있다. 한계는 없다. 세계관이나 개성의 가능성은 무한하기 때문이다. 쓰기를 통해 세계관이나 개성을 키우고, 더 강하게 만들어 갈 수 있다.

'나는 이러이러한 사람'이라고 자신을 단정 지어서는 안 된다. 개성이나 세계관은 하늘이 내려주는 특별한 것이라고 단정 지어서도 안 된다. 일이나 공부를 시작하기도 전에 '나는 개성이 없어서 무기도 없다'고 성급하게 판단하고 포기하면 힘을 발휘할 수 없다.

게임을 처음 시작할 때 캐릭터를 만드는 것처럼 취향대로 캐릭터를 설정하고 결정 버튼을 누르는 사람은 다른 누구도 아닌 자기 자신이다. 한 번뿐인 인생은 죽으면 부활하지 않는 롤플레잉 게임의 모험 같은 것이다. 단역 캐릭터로 끝내지 않고 주인공인 용사가 되어볼 생각은 없는가?

우리들은 자신이 어떤 인간인지 자신이 생각하는 것 이상은 모른다. 우선은 자신이 어떤 인간인지 파악하는 것부터 시작해보자. 글쓰기를 시작하는 것이 그 첫걸음이다. 쓰는 것은 발굴하는 것. 자신이라는 광대한 들판의 지하에 펼쳐져 있는 무한한 가능성을 믿고 땅을 파 들어가보자.

복잡한 머리를 정리하는 최상의 길

머릿속 이런저런 생각은 쓰면 정리된다

여기서 다시 한번 자기소개를 하겠다. 나는 식품 회사에 근무하는 47살의 평범한 회사원이다. 일반적인 회사원과 다른 점은 20년 이상 나 자신을 위해 글을 써 왔다는 것밖에 없다. 그 결과 이렇게 책을 쓰거나 미디어에 연재를 하면서 글을 쏟아내고 있다.

쓰지 않았다면 지금의 나는 없다. 내가 나를 위해 쓰기 시작한 것은 20대 끝 무렵이었다. 어린 시절부터 SNS나 블로그, 인터넷을 접하고 자기 글을 올리는 젊은 세대에 비하면 늦은 데뷔다.

영업직 회사원 생활 몇 년을 흘려보낸 때에 일을 웬만큼 익히고 나서 느끼는 정체감과 직업 환경, 상사에 대한 불만에 깔려 죽을 지경이었다. 일과 직장에서 좌절감이 쌓이는 한편, 하고 싶은 일도 없이 답답해 앞날이 막막하게 느껴졌다.

이 책을 읽고 있는 독자 중에도 이대로는 안 되겠다 싶어 초조해하는 사람이 많지 않을까. 초조함을 느끼면서도 무엇을 해야 좋을지 알 수 없는 상태. '내가 어디에 서 있는지'나 '무엇을 해야 좋을지'를 모르는 상황만큼 힘든 것은 없다.

어느 일요일 오후에 나는 쓰기 시작했다. 계기는 기억나지 않지만 볼펜으로 종이에 나의 현재 상황을 마구 써 내려갔다.

'나를 둘러싼 것들에 대해 나는 어떻게 느끼는가?' '사람들은 나를 어떻게 보는가?'

생각과 상상을 종이에 쓰고는 버렸다. 손을 사용해 종이에 쓰니 머리로 막연하게 고민하던 것들이 점차 정리되어 갔다. 길이 보였다. 반응이 있었다. 그 이후 세상에 일어나는 일들, 유행하는 음악 등 신경 쓰이는 것이나 흥미를 끄는 것이 있으면 뭐든 종이에 쓰고는 버렸다.

'쓰고 버리기'를 몇 개월간 계속하다 보니 나와 세상의 거리와 관계를 명확하게 의식할 수 있게 되었다. 별것 아닌 고민은 바로 내버리고 '고민할 만한 고민'과 마주할 시간이 생겼다.

'쓰고 버리기'를 통해 세계관이 구축돼 갔기 때문에 글을 쓰는 데 거부감은 전혀 느끼지 않게 됐다. '쓸 수 없다'는 고민은 없었고, 쓰느냐 쓰지 않느냐는 의지의 문제에 지나지 않았다. 이렇게 해서 나는 내 생각대로 써 왔다.

사고나 감정을 언어로 변환해서 정리하면 편해진다

글쓰기는 다른 표현 방법보다 직설적으로 사고나 감정을 표현할 수 있다. 고민을 어떻게든 해소하고 싶을 때 음악이나 그림으로 고민을 표현하기는 어렵다. 말로 표현해서 큰 소리로 외치고 싶어진다. 고민을 없애기 위해서는 말로 분해하고 분석해서 해체하는 수밖에 없다.

나는 글쓰기로 많은 고민을 없앨 수 있었다. 어떤 대상에 대한 생각과 감정을 쓰는 행동은, 머릿속에 구체화되지 않고 막연하게 있는 사고와 감정을 말이라는 그릇에 담는 변환 작업이다.

사람들은 대부분 마음속에 떠오른 것을 잊어버린다. 오늘 아침 현관을 나서서 아침 햇빛이 비치는 풍경을 봤을 때 문득 떠올랐던 것을 지금 정확하게 말할 수 있을까? 할 수 없다. 생각만 해서는 산산이 흩어져서 사라져버리기 때문이다. 말로 변환해서 정리해 두지 않으면 나중에 회수하기 어렵다.

쓰기는 생각을 말로 변환해서 명확하게 하는 과정이다. 고민을 써서 말로 변환하면 형태가 명확해지고 무엇 때문에 고민하는 건지 모르는 상태에서 벗어나 진짜로 고민해야 할 고민과 마주할 수 있게 된다.

변화의 시작은 글쓰기였다

열등생이었던 내가 파워블로거가 될 수 있었던 비밀

쓰기는 누구나 할 수 있다. 문장력이나 집중력은 필요 없다. 자본이나 시간도 그다지 필요 없다. '뛰어난 작가가 되어서 권위 있는 상을 받아야지' 같은 야망이 없으면 재능도 필요 없다.

실제로 나는 언어 열등생이었다. 고등학교 시절 현대문 시험 성적은 학년 최저 수준으로, 상습 낙제생이었다. 친구들이 '작가가 생각하는 바를 쓰시오' 같은 현대문 시험 문제에 막힘없이 답을 적어 나가는 것이 놀라웠다. 어떻게 모르는 사람의 생각을 알 수 있을까. 스티븐 킹의 공포 이야기처럼 느껴졌다. 낙제하고 싶지 않아서 요구하는 해답을 짐작하고 써서 넘어갔지만, 미야자와 겐지의 생각은 지금도 모르겠다. 아마도 영원히 모를 것이다.

그랬던 내가 월간 몇만 명이나 되는 사람들이 읽는 블로거가 되어 책을 집필하고, 쓰는 일을 업으로 삼고 있으니 세상일은 알 수 없다. 이 책을 손에 쥔 당신이 착실하고 국어 시험 평균 점수를 받은 사람이라면 대작가가 되는 것도 결코 불가능한 일이 아니다.

글은 '기술'보다 '초기 충동'으로 쓴다

글 쓰는 법을 체계적으로 배워본 사람은 별로 없을 것이다. 내가 글 쓰는 법을 배운 유일한 때는 초등학교 국어 작문 시간이었다. "생각한 것을 마음대로 쓰세요"라는 선생님의 말을 믿고 마음대로 썼다가 "이렇게 하지 마세요"라고 주의를 받았던 아픈 기억이 남아 있다.

내 글이 좋은 쪽으로 바뀔 것을 기대하고 글쓰기에 관한 책을 몇 권 읽어봤지만 여전히 내가 쓰는 글은 읽기 힘들다. '은/는' '이/가' 사용법도 자신이 없다. 구두점을 문장 어디에 넣어야 좋을지 속 시원하게 알 수가 없다. '지금 내가 할 수 있는 것을 하면 된다'고 생각하며 기술 부족은 제쳐 두고 최선을 다하고는 있지만 원고를 보낼 때는 언제나 식은땀이 난다.

이런 배경 때문에 나는 글쓰기의 기술에 대체로 무관심했다. 하지만 우연히 그게 좋은 쪽으로 작용했다. 기술은 제쳐 두고 쓰고 싶은 것과 마주할 수 있었기 때문이다. 만약 문장 기술이 없다는 것에 신경을 썼다면 지금의 내 상태로는 쓸 수 없다고 주저했을 것이다. 타고난 불성실이 쓰기의 장벽을 낮춰주었다.

'글쓰기'뿐만이 아니다. 착실한 사람일수록 뭔가 새로운 것을 시도하려고 할 때 사전에 조사해보고 오히려 허들(장애물)을 높이기 일쑤다. 굉장히 아쉬운 일이다.

'지금의 나는 할 수 없다'고 시작하기도 전에 포기해버리는 사람도 있다. 장애물을 설치하기 전에 우선 목표 지점까지 달려보자. 쓰기에 관해 얘기하자면, 쓰고 싶은 것을 지금의 실력으로 목표 지점까지 다 써보는 것이 중요하다. 직접 가보지 않으면 실제로 부족한 부분을 알 수 없다. 다 써보지 않으면 뭐가 부족한지 알 수 없다.

물론 처음에는 누구나 시작하기 힘들다. 그럴 때는 '왜 쓰려고 했는가'로 다시 돌아가보자. 거기에는 분명 쓰고 싶다는 열정이 있었을 것이다. 글쓰기뿐만 아니라 앞으로 나아갈 수 없을 때는 처음에 품었던 열정을 떠올려보자. 한 걸음 내디딜 용기가 솟아날 것이다.

글쓰기에 흥미를 가진 지금 바로 시작하자. 열정은 우리가 배워서 능숙해지기를 기다려주지 않을 테니까.

마음의 소리와 마주하고 자유로워지자

허들을 넘는 게 아니라 허들을 넘어뜨려서라도 골인해보자. 그런 마음가짐으로 자기가 쓰고 싶은 것, 전하고 싶은 것을 자신의 말로 구현해 가는 것이 글을 쓰는 데 가장 중요하다고 생각한다.

마음에 떠오른 생각을 말로 잘 표현할 수 없다는 고민의 원인은 기술적인 문제가 아니다. 좀 더 잘 쓰고 싶다거나, 칭찬을 받고 싶다거나, 남의 눈을 신경 써서 스스로 제약을 가하는 마음이 원인이다.

이런 일은 할 수 없다고 가능성을 제한하지 말자. 할 수 없어서 하지 않는 게 아니라 그저 하지 않고 있는 것일 뿐이다. 모르니까 자유롭게 할 수 있다. 그렇게 여기고 자유롭게 하면 된다.

나는 '내 마음속 소리를 주워 올려 나만의 말로 표현해' 왔을 뿐이다. 지금도 변함없이 내 말로 구현하는 지극히 개인적인 작업 방식을 계속하고 있다. 기술 이전에 먼저 자기 자신과 진지하게 마주하는 자세가 중요하다.

일하다가 아이디어가 떠오르지 않을 때, 참고 도서를 찾거나 인터넷으로 검색해도 좀처럼 구체적인 꼴이 나오지 않을 때가 있다. 아이디어가 떠올라 형태를 갖추는 일은 내면에서 일어난다. 발상을 놓치지 않도록 하는 것이다. '내면의 우리들'은 꽤 우수하니까 그 우수함을 잘 살리자.

인생도 타인의 말에 휘둘리지 않고(참고는 해도) 내 마음에게 물어서 최종적으로 내가 결정해 나가면, 잘 안 될 때 낙담은 할지언정 계속 후회할 일은 없다. 납득할 수 있다.

'스스로 결정을 내리는' 행동이 '자신의 인생을 사는' 행동이다. '글쓰기'를 통해 내가 결정하는 인생의 토대를 만들 수 있게 된다.

'어떻게 쓸지'보다 '왜 쓰는지'에 집중한다

내가 많은 사람들에게 읽히는 글을 쓸 수 있게 된 이유를 한 가지 든다면, 글을 쓰는 법에서 아무도 참고한 적이 없다는 것이다.

블로그에 글을 쓰기 시작한 것은 나와 똑같은 고민을 안고 있는 동지를 찾기 위해서였다. 수신자 이름이 없는 편지를 써서 병에 넣고 인터넷의 바다에 흘려보내는 것과 같은 일이다. 사적인 편지다. 다만 볼품없지만 내 말로 쓴다는 고집은 있었다.

내 글은 나만의 문장으로 되어 있다. 당신 자신만의 글을 쓰고 싶다면, 다른 누군가를 참고하지 말고 자유롭게 마음대로 써보자. 그러면 그게 바로 당신만이 쓸 수 있는 글이 된다. 물론 나만의 힘으로 쓴 글을 읽었을 때 '이렇게 하려던 게 아니었는데' 하고 낙담할 수는 있다. 그 낙담을 '두고 보자. 다음에는 반드시' 라는 굳은 결의로 바꾸어 자신을 분발하게 하자.

문장 기술은 글을 쓸 때 큰 도움이 된다. 하지만 처음에는 '어떻게'보다 '무엇을' '왜' 쓰는지에 집중하자. 글쓰기는 자신의 말로 표현하는 것이다. 말을 뜻대로 조종할 수 있으려면 시행착오와 좌절이 필요하다. 몇 번이고 만족과 낙담을 되풀이하며 자신의 말로 생각하면서 쓰다 보면, 나만의 글을 쓸 수 있게 된다.

기술은 '글쓰기'와 마주하고 난 뒤에 배워도 된다. 나는 무엇에 취약한지, 할 수 없는 것이 무엇인지를 알고 나서 해도 된다. 그렇게 하는 쪽이 배움의 효과도 커진다. 이건 일이나 학업에서도 마찬가지다.

계속 쓰기는 '작은 발견의 연속'

스스로 나를 위해 글을 쓰기 시작한 지 20년이 흘렀다. 쓸 때마다 '조금씩 잘 쓸 수 있게 되어 간다'는 실감과 '아직 생각처럼 쓸 수가 없다'는 절망을 함께 느낀다. 그래도 점점 더 편하게 쓸 수 있게 됐다. 나 자신에 대한 이해가 깊어지고, 고민은 줄어들고 있다. 지금은 고민하는 것조차 손에 꼽을 정도로 적어졌다. 씀으로써 분명히 인생이 좋아지고 있다.

20년 계속해보니 알게 된 것이 있다. 그것은 앞으로도 계속 쓰지 않으면 안 된다는 것이다. 세상은 매일 변하고 있다. 그 변화를 따라가려면 컴퓨터의 운영 체제처럼 자신을 계속 업데이트해야 한다. 운영 체제 업데이트는 귀찮지만 안 할 수는 없다. 글쓰기도 마찬가지다.

글쓰기, 자신의 말로 표현하는 것은 자신이 처한 상황을 파악하고 자신의 실력과 부족한 부분이 뭔지 알 수 있게 한다. 글을 쓰면 변화의 필요성과 변화해야만 하는 부분을 알 수 있다. 따라서 효과적으로 발전할 수 있게 된다.

글을 쓰기 전과 비교해서 나는 유연성이 있는 단단한 사람이 되었다. 독선에 빠져 걸껍데기를 강화해봤자 계속되는 충격에 금이 가서 깨져버리면 끝이다. 이소룡이 "물이 되어라"라고 말했듯이 물과 같은 유연성이야말로 단단한 것이다.

계속 쓰다 보면 정신적으로 유연해진다. 예를 들어 자신의 실패에 대해 쓰는 것은 자신의 결점과 부족함을 직시하는 것이다. 한심하고 기죽는 일이다. 하지만 직시함으로써 결점과 부족한 점에 어떻게 대처해야 할지 생각하게 되며, 점차 극복할 수 있게 된다. 극복을 계속 경험하다 보면 실패하더라도 마음이 꺾이지 않고 의연하게 대응할 수 있게 된다. 굳건해진다.

처음에는 긴 글이나 거창한 이야기가 아니라 쉬운 것을 휘갈겨 써도 된다. 그런 글이라도 쓰면 자기 안에 원래부터 있던 것을 찾아낼 수 있다. 그런 작은 발견의 연속이 '계속 쓰기'다.

저절로 글을 쓰게 되는 행동 요령

감성을 믿고 자신에게 맞는 집필 환경을 만든다

인터넷 매체에서 발표한 글이나 책을 포함해 나는 거의 모든 글의 초고를 가라케(갈라파고스 휴대폰. 휴대폰에 스마트폰 기능을 접목한 일본 특유의 휴대폰)로 썼다.

그 이야기를 하면 "정말?" 하고 다들 어이없어 한다. 가라케에 애착을 느끼거나 집착해서 쓰는 게 아니다. 어떤 방식으로 쓰는 게 편한지 여러 시행착오의 결과가 '가라케 집필'이었다.

멋진 카페의 창가 자리에 앉아 노트북이나 태블릿으로 글을 쓰면 폼은 난다. 내 경우에는 가라케 집필이 제일 효과적으로 외부를 차단할 수 있었다. 집중할 수 있는 것이다. 만약 가라케로 집필하지 않으면 카페 안 멋지게 차려입은 직장인들의 대화가 신경 쓰여서 글에 집중할 수 없을 것이다.

만약 당신이 '도무지 쓸 수 없다'면 자신이 집중할 수 있는 환경을 진지하게 검토해보는 건 어떨까. 미스터리 소설가인 모리 히로시는 작가 생활을 시작할 때 우선은 환경을 갖추기 위해 아내에게 애원해서 편안한 의자를 샀다고 한다. 자신에게 딱 맞는 환경을 찾는 것은 의외로 어렵다. 아직까지 나는 가라케보다 더 나은 집필 환경을 찾지 못했다.

초고부터 모든 원고를 컴퓨터로 쓴 적도 있으나 별로 기분이 좋지 않았던 데다, 완성된 글도 어딘가 남이 쓴 것처럼 서먹서먹해 담당 편집자한테서도 "가라케로 쓰지 않은 문장은 별로네요"라고 지적받았다. 그 후로 더욱더 가라케 집필에서 빠져나오지 못하고 있다.

집필 환경은 중요하다. 굳이 가라케를 추천할 생각은 없다. 당신의 감성으로, 최적의 도구나 환경을 찾아내기 바란다. 최적의 도구를 발견하는 것 또한 '글쓰기'의 즐거움 중 하나일 것이다.

글쓰기를 유발하는 트리거 행동을 정하자

글쓰기 모드로 들어가는 수단을 소중히 여기자. 누구나 무아지경에 빠져 모든 것을 잊고 한 가지에 집중해본 경험이 있을 것이다. 그 경험을 떠올려 재현해보자.

예를 들어 시험 치는 날, 책상에 놓인 답안지를 앞에 두고 펜을 쥔 채, 시험관이 "시작!" 하고 말한 순간을 떠올려보기 바란다. 그 순간 좋든 싫든 간에 의식이 싹 바뀌고 시험 모드에 들어갔을 것이다. 나는 그 바뀌는 감각을 중요하게 여긴다.

감각을 바꾸는 트리거(trigger, 방아쇠, 계기) 행동을 정해 두자. 좋은 결과물을 끌어내기 위해 그 행동을 습관화하자. 일류 스포츠 선수들은 모두 그 중요성을 잘 알고 있다.

예를 들어 2021년의 시즌 종료를 끝으로 현역에서 은퇴한 럭비 선수 고로마루 아유무가 플레이스 킥 전에 양손을 깍지 끼는 포즈, 현역 시절의 스즈키 이치로 선수가 대기 타석에서 했던 일련의 동작, 타석에서 보인 야구 배트의 움직임이나 왼손의 움직임 따위가 유명하다. 오래된 야구 팬이라면 잘 알고 있을 야구 선수 가케후 마사유키가 타석에 들어서서 배트를 쥐지 않은 손으로 몸 여기저기를 만져대는 그 영문 모를 동작도 트리거였을 것이다.

　물론 우리는 운동선수가 아니다. 하지만 그 의식을 흉내 내기만 해도 잠재적인 힘을 확 끌어낼 수 있을 것이다. 사무실에 도착하고 나서 그날 하루 동안 해야 할 일을 체크하거나, 커피를 마시는 것 같은 동작으로 일하기 모드로 전환하는 사람이 많지 않은가. 트리거는 약간 귀찮고, 원래대로 돌아가는 게 싫어질 정도의 행동이 좋다. 굳이 준비하는 행동에서 '굳이'의 느낌이 트리거가 된다.

　쓰겠다고 마음을 정했으면 컴퓨터를 켜거나 펜과 종이를 준비한다. 약간 귀찮은 트리거 동작을 취해서 글쓰기 모드를 스스로 만들어 가자. 스마트폰이나 SNS 같은 일상과 연결된 장소에서 분리된 곳을 만들자.

　트위터에 쓰듯이 막연하게 떠오른 생각을 그냥 말하는 것 말고, 사고나 감정을 일단 멈추고 자신의 언어로 구현해 가는 것은 평상 모드로는 할 수 없다. 바로 그래서 의식의 전환이 중요하다. 그 때문에 트리거 행동이 필요한 것이다.

타인과의 교류는 글쓰기에 도움이 될까?

　나는 블로거나 작가들과 일상적으로 교류하지는 않는다. 먼저 다가오는 사람도 없다. 그냥 날 싫어하는 건지도 모르겠다. 영업에서는 연줄이 많은 편이 좋다. 하지만 그러한 교류가 '글쓰기'에도 이득이 될까? 된다고 해도 '저 사람이 열심히 하니까 나도 열심히 해야겠다' 정도로 기분 문제일 뿐이다. 사람들과 친목 다지기를 통해 '글쓰기'의 질이 극적으로 향상되는 일은 없다.

왜냐하면 '글쓰기'는 개인적이고 고독한 행위이고, 오로지 자신과 마주해야만 해낼 수 있기 때문이다. 사람들과 교류하면 글이 좋아진다는 환상을 버리자. 해야 할 것은 친구 만들기가 아니다. 자신과 마주하기다.

물론 누군가와 떠들썩하게 이야기함으로써 즐겁고, 자극을 받기도 하고, 동기 부여도 받을 수 있다. 하지만 그런 동료들과의 모임을 마치고 집에 돌아와서 행동하지 않으면 '글쓰기의 질' 같은 건 영원히 좋아지지 않는다.

우리는 타인과 교류하면서 많든 적든 가면을 쓰고 진짜 자신을 숨긴다. 직장이나 사적인 관계, SNS에서 가면을 쓴 상태로 자극받고, 경험을 쌓는다. 그리고 가면을 쓴 상태에서 얻은 것을 그대로 둔다. '좋아요'를 누르고 공유함으로써 '뭔가를 얻었다는 느낌'을 기억하고 끝내버리는 경우가 많다.

거기서 경험을 끝내기는 너무 아깝다. 타인과의 교류로 얻은 것을 꼭꼭 씹어서 자신만의 경험으로 바꾸겠다는 목표를 세우자. 그러려면 가면을 벗고 혼자가 되는 시간이 필요하다. 예를 들어 목욕을 하거나 화장실에 있을 때, 하루를 돌아보며 본래의 나 자신이 되어 자신의 말로 평가를 해본다.

혼자만의 시간에 말로 그날 하루를 돌아보면 타인과의 관계가 더욱 깊어진다. 잘 풀리지 않은 일이 있었을 때, SNS에 "일을 완전히 망쳤다"라고 투덜대고 "잘했어" "다음에 잘해" 같은 댓글을 받았을 때, '그래, 난 할 만큼 했어'라고 자족하며 끝내지 않도록 한다. 거기에서 한 걸음 더 나아가서 잘 안 됐던 경험을 자신의 말로 나타내보기만 해도 좋다. 일부러 혼자가 되어 나의 말로 나만의 경험을 구현해냄으로써 타인과의 관계를 훨씬 깊이 있게 만들 수 있다.

갑갑함을 깨부수는 '쓰고 버리기 6단계'

앞서 말했던 쓰고 버리기를 정리할 차례다.

① 종이에 쓴다(이면지도 좋다).
② 남기지 않겠다고 마음먹는다.
③ 지우개나 수정액으로 지우지 않는다(삭제는 선을 그어서).
④ 반드시 버린다(남이 볼까 걱정되면 꾸깃꾸깃 구겨서 버린다).

여기에 다음 항목을 덧붙이자.

⑤ 자신의 말로 구현한다.

⑥ 제약 없이 자유롭게 쓴다.

'쓰고 버리기'는 메모에는 없는 커다란 장점이 있다. 정보가 숙성된다는 점이다. 예컨대 어떤 대상에 대해 자신이 생각하는 바를, 대상과 나의 관계를 확인하며 쓰기 시작한다. 머릿속 막연한 의식이나 감정, 사고를 말이라는 틀 안에 넣음으로써 그 대상에 대한 자신의 생각이 명확해진다. 그리고 버린다. 버린 정보는 머릿속에서 무의식적으로 시간이 지나면서 숙성된다. 말하자면 증폭되거나, 다른 것으로 변화한다. 의식에 입력된다.

구체적인 예

① 밤에 자기 전에 아이디어를 써본다. → 다음날 아침 쓰기 시작해보니 어젯밤에는 떠오르지 않던 아이디어가 전개되거나 어젯밤 몰랐던 커다란 구멍을 알아차리게 된다. (발전과 깨달음)

앞에서 예로 든 '식당 매출 상승과 구독제'가 이것이다.

② 피아노 연습 뒤에 반성할 점, 과제를 써 본다. → 다음 연습 때 반성할 점이나 과제가 의식에 입력돼 연습의 밀도가 올라간다. (밀도의 상승)

고시엔(매년 고교 야구대회가 열리는 일본 고교 야구의 상징적 구장)을 노리는 야구부 고등학생이 연습 내용이나 대전 상대 정보를 노트에 적는 것도 문제를 자신의 말로 변환하여 의식에 입력하는 절차라고 볼 수 있다(연습 중에는 노트를 볼 수 없기 때문이다).

의식, 생각은 말로 표현한 적이 없기 때문에 그냥 흘러가버린다. 말을 통해 잡아채지 않는 한 의식과 사고는 숙성되지 않는다. 우리는 말로 생각하고 고민하고 상상하기 때문이다.

자신의 말로 구체화해서 쓰고 버리면 정보가 일단 의식의 바깥에 놓임으로써 자동적으로 숙성된다. 그야말로 '마법'이다. 어떤 주제에 대해 쓰고 나서 버리고, 시간을 두고 다시 똑같은 주제에 대해 생각할 때, 쓴 시점보다 정보가 숙성되어 나아간 지점에서 시작할 수 있다. 하지만 메모해 둔 것을 다시 한번 보게 되면 그 메모에 얽매이게 되어서 일정 시간 동안 진행된 숙성이 사라져버린다. 일부러 '쓰고 남기지 않음'으로써 얻을 수 있는 것은 정말 많다.

기획 회의가 끝나지 않을 때도 마찬가지다.

① "좋아, 화이트보드는 이대로 두고 내일 여기서부터 다시 시작하자!"

② "화이트보드는 일단 지워 두자."

이 두 가지 경우에는 다음 날 기획 회의를 재개했을 때 두 번째 쪽이 충실한 결과를 맺는 경우가 많다. 꽉 막힌 상태를 타파하기 위해 필요한 것은 상황을 새롭게 바라볼 수 있는 다른 각도다. 쓰고 남긴 화이트보드에는 그 전날 막혔던 상태가 그대로 존재한다. 거기서 다시 시작해봤자 막힌 부분을 뚫기는 어렵다. 기분도 '또 같은 이야기 계속하는 건가……' 하고 우울해지고 만다.

일단 지우고 나서 다시 시작하면 '어제는 어디까지 이야기를 진행했더라?' 회상하면서 상쾌한 기분으로 대할 수 있고, 전날에 얽매이는 일 없이 진행할 수 있다. 꽉 막힌 상태는 버리자.

'쓰고 버리기'는 항상 다시 시작하는 방법이다. '쓰고 버리기'는 과거에 얽매이지 않고 갑갑함을 깨부수는 미래 지향적인 도구다.

| 정리 |

- 글쓰기를 통해 고민을 가능성으로 바꿀 수 있다.
- 버리겠다는 의식이 우리를 자유롭게 한다.
- 실제로 손을 움직이는 것이 새로운 발상을 낳는다.
- 쓰고 버리기가 세계관을 만든다.
- 어떻게 하느냐보다 무엇을 하느냐, 왜 하느냐에 중점을 둔다.
- 일부러 '혼자'가 되는 것이 인간관계를 깊게 만든다.
- 쓰고 버리면 정보가 자동으로 숙성된다.

글을 쓰자
생각이 명료해졌다

'생각하기'보다 '쓰기'가 우월하다

머릿속 번뜩임을 언어화한다

'쓰기'라는 행위는 변환 처리다. 무언가를 쓰는 것은 곧 자신의 말로 바꾸는 것이다. 글을 쓰면 머리에 떠오른 이미지, 생각, 의견, 감정이 말로 변환된다. 그때 동시에 말이 취사선택되고 정보가 정리 정돈된다.

'아침에 떠올랐던 기획 아이디어가 도무지 떠오르지 않아……' 이런 경험은 누구에게나 있을 것이다. 어쩌다 머리에 떠오른 것은 아무것도 하지 않고 내버려 두면 그대로 흘러가버린다. 아까운 일이다. '그 아이디어만 있으면……' 하고 몇 번이나 애통해했을까. 사라져버린 순간적인 생각 중에는 어쩌면 노벨상을 탈 만한 아이디어의 원재료가 있었을지도 모른다.

하지만 발상을 말로 명확하게 해 두면 간단히 사라지진 않는다. 천재는 아이디어를 머릿속에 정확하게 붙들어 매는 걸 잘하는 사람임이 분명하다. 우리도 쓰기만 하면 천재처럼 아이디어를 머릿속에 붙들어 매어 둘 수 있게 된다.

아래는 머릿속에 떠오른 것을 말로 구현하는 일의 중요성을 보여주는 이미지다. 가지고 있는 '쓸 만한 말'이 풍부할수록 더 용이하게 구현할 수 있을 것이고, 더 섬세하게 구현할 수 있을 것이다. 설사 말로 구현하는 데 어려움을 겪더라도 그 시행착

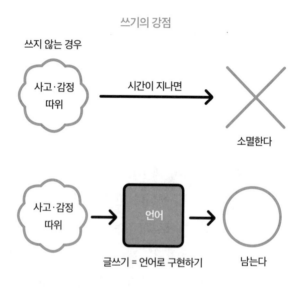

쓰기의 강점

쓰지 않는 경우

사고·감정 따위 → 시간이 지나면 → ✕ 소멸한다

사고·감정 따위 → 언어 → ◯ 남는다

글쓰기 = 언어로 구현하기

쓰는 것은 명확하게 만드는 일.
수많은 말 중에 알맞은 단어를 선택하는 것이 머릿속에서는 모호했던 생각과 감정에 윤곽을 부여해서 선명하게 만든다.

오 자체가 힘이 될 것이다.

흘러가버리는 생각과 감정을 적절한 말로 구현할 수 있다면 개운치 않은 고민은 사라지고 매일매일 더욱 충실해질 것이다. '아침에 화장실에서 떠올랐던 아이디어가 노벨상 감이었는데' 하고 후회하는 일도 없어질 것이다. 일이 잘 풀리게 된다. 쓰기는 인생을 더욱 좋게 만든다.

자기를 인식하기 위해 쓴다고 생각한다

무언가를 쓴다는 것은 자신을 응시하는 것이기도 하다. <이웃집 토토로>(1988)에 대한 감상을 물어보면 사람마다 감동한 지점이 다른 것처럼, 무언가를 어떻게 받아들이는지는 사람에 따라서 무척 다르다. 오히려 남들에게 잘 보이기 위한 말을 하려고 하지 마라. '이런 걸 써도 되나?' 같은 의심도 무시해라. 자유롭게 생각이 흐르는 대로 쓰도록 하자.

"자유롭게 써라"라는 말을 들으면 곤혹스럽다. 자유의 의미가 너무 넓어서 당황하는 것이다. 어렸을 적에 어머니가 화가 나서 "네 마음대로 해!"라고 소리치자, 받아치겠답시고 "좋아, 내 마음대로 할 거야" 하고는 집을 뛰쳐나왔지만, 그렇게 바라던 자유를 손에 넣었는데 무엇을 해야 좋을지도 모르겠고 배도 고프고 해서 풀이 죽어 집으로 돌아간 경험이 없는가? 그런 느낌이다.

자유를 남의 눈을 신경 쓰지 않는다는 단순하고 여유로운 의미로 받아들이자. 나는 자유를 그렇게 받아들임으로써 꽤 편하게 쓰고, 살 수 있게 되었다. 내가 내 자유를 옭아매선 안 된다는 의식을 갖자.

우리들은 하루하루 생활 속에서 많든 적든 자신을 그릇에 담고 있다. 주변에서 역할을 부여받고, 관리자로서 설교를 늘어놓다가 후배들에게 기피 대상이 되기도 한다. 좀처럼 생각대로 되지 않는다. 그러니까 쓸 때만큼은 자유롭게, 있는 그대로 꾸미지 않도록 하자. 자기 안의 자유를 누리고 그 자유를 키우면 살아가는 데 버팀목이 된다. 자유롭게 쓰는 것이 자유를 만드는 첫걸음이다.

왜 '쓰기'가 '글'보다 중요할까?

남한테서 얻은 지식을 나의 것으로 바꾸는 방법

'쓰기'는 쓰인 글과 같은 정도로 행위 자체에 큰 의미가 있다. 하늘을 보며 '하늘이 예쁘네' 하고 생각만 하는 것보다 '오늘 아침 올려다본 하늘이 아름다웠다'라고 쓰는 쪽이 능동적이고, '감상을 얘기하고 있다는 느낌'이 압도적으로 강하다. 쓰기는 생각하고, 느끼고, 보는 것보다 더 능동적으로 머리를 사용하게 만든다.

예컨대 무언가를 연구할 때 참고 문헌을 읽기만 하는 것보다 참고 문헌에 관한 자기 나름의 생각을 자신의 말로 보고서에 정리하는 쪽이 더 피가 되고 살이 된다. 그런 경험은 누구에게나 있을 것이다. 자료를 그냥 읽는 것보다 보고서까지 쓰는 쪽이 능동적으로 머리를 쓰게 되고, 이해가 더 깊어진다. 말로 표현함으로써 읽고 있을 때는 이해할 수 없었던 점이나 몰랐던 부분을 파악하게 되어 명확해지기 때문이다.

'쓰기'는 단순한 아웃풋(output)이 아니다. 인풋(input)이기도 하다. '읽기'에 '쓰기'를 보태면 주제를 쌍방향으로 다루게 돼 이해가 더 깊어진다. '읽기'와 '쓰기'로 입력할 기회가 두 배로 늘어난다. 나는 학생 시절에 리포트 과제가 있던 전공 수업 내용은 어렴풋이 기억하고 있지만 교수의 강의를 듣기만 했던 일반교양 수업에 대한 기억은 전혀 남아 있지 않다. 이것이 쓰기까지 했는지 아니면 그냥 듣기만 했는지의 차이다.

쓰인 것은 그 사람의 족적이다. 체험을 글로 써 나의 말로 바꾸면 타인의 깨달음이 나의 지식으로 바뀐다.

'쓰기'를 통해 나 자신을 평가해보자

글쓰기는 행동 자체에 의미가 있으며, 그 행동에 계속 즐거움을 느끼는 것이 쓰기를 지속하는 동기가 된다. 글은 평가당

할 수 있는 요소지만, 쓰는 행동은 누구에게서도 평가당하지 않는다. 평가할 수 있는 사람은 자기 자신뿐이다.

자기 평가는 직장이나 일상생활에도 중요한 자세이다. 상사의 평가나 직장에서 달성해야 하는 목표 외에 자기 나름대로 기준을 설정하고 달성해 가는 게임을 해보자. 스스로 '참! 잘했어요' 칭찬해주는 것이 충실한 하루하루를 만드는 요령이다. 내 안에 나만의 목표와 기준을 세우면, 외부 평가에 휘둘리지 않을 수 있다.

'쓰기'와 관련해서는 외부에 둔감해도 된다. 만약 쓴 것을 남기거나, 남에게 보여주거나, 칭찬받고 싶다는 생각이 들면 '예쁜 말로 써야지' '이건 남기지 않는 편이 좋을지도 모르겠다'라는 그릇된 생각이 생겨 말로 변환하는 작업에 몰입하지 못하게 된다. 쓰고 버린다는 정도로 마음 먹고 써보자. 순수하게 대상과 마주하고 '쓰기'에 집중해보자.

나는 몇 년간이나 계속 쓰고 있다. 세상을 의식해서 좋은 반응을 얻으려고 쓴 글보다 자신의 말로 솔직하게 쓴 글이 결과적으로 많은 사람들에게 다가가 마음을 움직였다.

남을 신경 쓰지 않는 태도가 쓰기를 가속시킨다

혹시 이런 경험이 있는가? 일을 하다 상사에게 화가 났을 때, 주변에 굴러다니는 종이 뒷면에 그 상사의 악행을 줄줄이 써본다. 아무한테도 보여줄 생각이 없으니 가차 없다. 한풀이는 더 빠르게 쓰인다. 왜 상사는 나를 차갑게 대하는지 생각나는 대로 쓴다. 이것저것 눈사태처럼 터져 나온다. '그러고 보니 3년 전에도 모욕을 당했네' 하고 기억 저편 바닥에 가라앉아 있던 굴욕적인 감정까지 끓어오를지도 모른다.

'버릴 것이라는 의식' '남을 신경 쓰지 않는 마음'이 '쓰기'를 가속시킨다. 남의 눈을 의식했다면 '이런 걸 썼다간 다른 사람한테 폐를 끼치게 될지도 몰라' 하고 눈치 보게 되거나 '문장을 정비하자' 같은 허세가 생겨 자신의 말로 변환하는 행위에서 순수함이 사라져버린다.

나는 어떤 글이든 쓰고 버린다는 기분으로 작업한다. 대충대충 일을 한다는 의미가 아니다. 고객의 의뢰나 지시에는 최선을 다해 응하지만, 글을 쓸 때는 외부를 차단하고 쓰는 일에만 몰두한다. 다 쓴 글에 애착은 있지만 고집은 부리지 않는다. 나중에 다시 읽는 일도 없다. 진지하게 마주 대한 글이라면 자신의 내면에 남기 때문에 다시 읽을 필요가 없어질 것이다.

보고 들은 정보를 확실하게 저장하는 법

이해가 깊어지는 세 가지 입력 방법

이 책을 쓰면서 메모술이나 기록법에 대한 책을 몇 권 읽었다. 그중에 '머릿속에 있는 것을 전부 술술 써보자'라는 내용이 있어서 깜짝 놀랐다. 머릿속에 있는 것들을 써보라니, 상당히 난이도가 높지 않은가? 엄청 어렵다. 왜냐하면 써 낼 만큼 정보가 정리돼 있지 않기 때문이다. 하지만 씀으로써 간단히 정보가 정돈될 수 있다.

'쓰기'는 최강의 정보 정리술이다. 써서 정보를 자신의 말로 변환하기만 하면 태그를 붙인 것처럼 정리가 된다. 뉴스 사이트에서 얻은 정보를 읽기만 하고 끝내는 것보다 그 정보에 관해 블로그 글을 쓰거나 자기 나름의 생각을 글로 정리하는 편이 이해가 더 깊어지고 내용이 정리된다. 메모를 쓰는 정도만 해도 충분하다. 꼭 시험해보기 바란다. 외부에서 흘러 들어온 정보와 자신의 말이 연결되어 나중에 끄집어낼 수 있는 정보가 된다.

온 세상에 떠돌고 인터넷을 떠도는 정보는 남의 말로 되어 있다. 남의 말로 된 정보는 내 말로 변환해야 비로소 내가 쓸 수 있는 정보가 된다. 신경 쓰이는 것이 있다면 자신의 말로 만들어보자.

'떠올리기' '생각하기'는 약해서 믿을 게 못 된다. '쓰기'로 온 갖 말을 취사선택해서 자신의 말로 정보를 나타내면 그 정보가 더 튼튼해진다. 이미 나에게 있는 지식이나 정보를 잘 쓰지 못 하고 있다고 느끼면 정보를 꺼내는 법이 아니라 집어넣는 법을 검토해보자.

정보를 넣는 법

① 흥미로운 정보에 관해 자신의 말로 감상이나 견해를 써본다(의식에 태그 붙이기).

② 출력을 의식하면서 입력한다. 예를 들어 이 정보는 이런 경우에 쓸 수 있다고 미리 생각해 둔다(태그 세분화).

③ 정보를 넣을 때마다 옛날에 접했던 비슷한 정보를 떠올리는 버릇 을 들인다(연관성 만들기).

사고의 해상도를 올리기 위해 필요한 것

'일일이 쓰고 있을 시간이 없다.' '머리에 떠올리면 그만 아닌 가.' 이런 반론이 나올 수 있다. 실제로 생각을 자신의 말로 표 현하는 것은 귀찮고 머리가 아픈 일이다. 조금이지만 시간도 걸린다.

애초에 우리가 '의식한다' '생각한다'고 할 때, 정말로 의식하 고 생각했다고 할 수 있을까? 거의 대부분 머리에 문제를 떠올리면 좋고 나쁨, 할 수 있고 없음 정도로 간단한 판단만 내리고 있을 뿐 아닌가. 아니면 머릿속에서 복잡한 사고를 하더라도 그것을 구체적으로 실천해 온 사람은 거의 없는 게 아닐까. 나는 그런 흐리터분한 사고와 의식을 해상도가 낮은 사고와 의식이라고 생각한다.

그것에 비하면 '쓰기'는 머릿속에서 사고와 의식의 해상도가 비교도 안 될 만큼 높다. 말을 선택하는 연속된 행위를 통해 모호함이 배제되니 깨끗해진다. 수많은 말 중에서 하나를 골라 구체화한다는 선택이 '쓰는' 행위에서는 연속해서 이루어진다. 쓰기를 귀찮다고 느끼는 것은 결단을 계속해야 하기 때문이다.

도야마 시게히코의 《사고의 정리학》에 따르면 사고가 활성화하는 때는 밤이 아니라 아침이다. 그러고 보니 나도 아침에 눈을 뜬 순간, 어제는 꽉 막혀 풀리지 않았던 업무를 단번에 해결할 아이디어가 떠올랐던 경험이 몇 번 있다. 어떤 때는 그 아이디어를 잊어버리지 않도록 주의하면서 출근한다. 다른 때는 떠오른 아이디어를 옆에 있던 메모지에 적어 둔다.

회사에 도착해서 아침에 떠오른 아이디어를 구체화하려고 할 때, 아이디어를 잊어버리지 않도록 주의하면서 출근한 경우와 메모로 적어 둔 경우 중 어느 쪽이 그 아이디어를 충실하게 다시 생각해낼 수 있을까? 압도적으로 후자다.

우리는 말을 이용해서 생각한다. 그것이 함정이다. 말로 생각했으니 괜찮다고 안심해버린다. 하지만 머릿속에서 생각한 것을 실제로 써서 말로 표현해내면, 말로 특정하는 선택을 거치는 것만큼 사고의 해상도가 올라간다. 그리고 자신의 말로 치환했으니 그 아이디어를 자유롭게 쓸 수 있게 된다. 머릿속에 떠오른 이미지나 아이디어는 글로 써서 자신의 말로 만들어야 비로소 의미가 규정된다.

아이디어는 누구나 평등하게 떠올릴 수 있다. 아이디어를 효과적으로 표현하는 사람과 그러지 못하는 사람의 차이는 아이디어를 자신의 말(혹은 도형이나 그림)로 구현해서 전달할 수 있는 형태로 만들 수 있느냐 없느냐의 차이다. 글쓰기를 통해 생각과 감정의 해상도를 높이자.

'쓰고 버리기'와 '메모'의 차이

메모는 '평가나 생각이 고정되어 있는 것'에 대해서만 쓴다

'쓰고 버리기'를 권하고 이런 말을 하기는 좀 민망하지만, 메모는 하자. 시시콜콜 다 메모할 필요는 없지만 남기고 싶은 것은 반드시 메모를 해야 한다.

메모할 내용은 메모하는 시점에 이미 평가나 생각이 굳어 있는 것들이다. 책이나 영화를 보고 난 감상, 영업할 때 만났던 고

객 정보, 업무 중간에 생각난 것들 등 그때 기록해 둬야 할 것들을 스스로 판단해서 메모를 하자.

　메모를 해야 할 것과 하지 않을 것을 가르는 것이 꽤 어렵다. 한때 B6 사이즈의 노트를 가지고 다니면서 시시콜콜 메모를 했는데, 낭비가 심하고 효율성도 떨어졌다. 자발적으로 글을 쓰고, '쓰고 버리기'를 시작하고 나서 '쓰는 행동'과 '메모'를 분별하는 게 쉬워졌다. 정보의 취사선택 능력이 향상된 것이다. '글쓰기'는 자유롭게 나아가는 '창작'이고, '메모'는 일단 사고나 의식의 흐름에 일시 정지를 걸어 두는 '기록'이라는 기준이 생겼다.

좋은 기록(메모)이 좋은 창작(글)을 만든다

　글을 쓰는 '창작'과 메모를 하는 '기록', 이 두 가지를 잘 활용하면 일이나 연구를 더 원활하게 진행할 수 있게 된다.

　메모와 기록은 지식과 경험을 말로 확실하게 만들어 창조를 위한 토대를 만드는 것이다. 소설을 쓸 때 취재 내용이나 영감을 메모하는 것처럼 소재 만들기라고 하는 편이 짐작하기 쉬울지도 모르겠다.

　그에 비해 글쓰기는 창조에 해당한다. 창조란 아무것도 없는 곳을 자신의 말로 개척해 나가는 것과 같다. 하지만 창조가 제로(0)에서 생겨날 수는 없다. 기록이라는 토대가 있어야 비로소 창조가 가능해진다.

일을 할 때도 고객의 소비자 욕구를 정리한 메모를 훑어보다가 떠오른 발상이 기획이나 제안으로 이어진다. '메모=기록'이 정확하지 않으면 좋은 발상이 나오지 않는다. 좋은 기록이 창조적인 결과물을 낳는 것이다.

커다란 '창조'에는 토대가 되는 '기록'=확고한 지식이 반드시 있어야 한다. 소설가인 아라마타 히로시가 《제국 수도 이야기》 시리즈 같은 스케일이 큰 이야기를 창조할 수 있었던 것은 남다른 지식 양이라는 토대가 있었기 때문이다.

기록이 창조적인 결과물을 낳는 것과 마찬가지로 창조적인 일은 다음의 기록을 낳는다. 창조를 메모로 기록함으로써 이후에는 그 기록이 토대가 되어 더욱 규모가 큰 창조가 이루어진다.

이처럼 기록과 창조는 뗄 수 없는 관계다. 순환하는 두 요소를 잘 활용하게 된다면 평생 쓸 수 있는 무기가 된다. 기록과 창조, 메모와 쓰기를 의식적으로 구분해서 쓰는 것이 좋다. 마음먹고 도구를 나눠서 써보도록 하자.

예를 들어 '메모'는 수첩, '글쓰기'는 전용 공책을 쓰는 것처럼 도구를 각각 다르게 하면 도구를 가려 쓰는 것과 의식의 전환이 동시에 가능해지니 시험해보기 바란다. 공책은 모눈이나 괘선이 없는 것이 자유로운 발상을 방해하지 않으므로 무선 공책을 추천한다.

영업 일을 할 때 고객마다 한 권씩 따로 공책을 만들었던 적도 있다. 메모(기록)와 글쓰기(창조)를 겸해서 한 권의 공책으로 정리해, 고객 한 명 한 명에 대한 모든 것을 썼다. 고객 정보뿐만 아니라 그 고객에 대한 생각이나 관련된 아이디어도 줄줄이 써 두었다. 상담이 순조롭게 진행되어 기획 제안 단계가 됐을 때, 그 공책을 보기만 해도 기획의 토대가 되는 발상이 넘쳐났다. 사고와 발상의 단편들을 말로 써 두었기에 구체적인 제안으로 연결되는 토대를 얻을 수 있었던 것이다.

100엔짜리 공책 한 권으로 계약 성사까지 이어졌으니 가성비는 최고다. 일이 잘 안 될 때는 속는 셈 치고 '안건별 아이디어 공책'을 써보기 바란다.

만화 《데스노트》에는 이름이 적힌 사람을 죽음에 이르게 만드는 데스노트가 나온다. 나는 데스노트를 나쁘다고 생각하지 않는다. 속이 시원해지니까. 하지만 데스노트를 적을 짬이 있으면 메모를 하는 게 낫다고 생각한다. 사신(死神)에 사로잡히지 않는 만큼 건전하기도 하다.

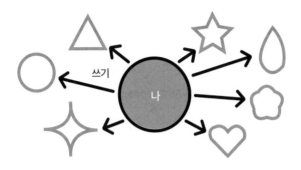

세계관의 확립

다양한 대상에 대해 씀으로써
대상과 나의 관계와 거리가 명확해지고, 세계관이 만들어진다

세계관은 계속 씀으로써 넓어지고 깊어진다

세계관이 구축되는 구조를 이해하자

세계관이란 세계를 보는 법, 자신을 포함한 세계를 인식하는 방식이다. 쓰기만 하면 세계관을 구축할 수 있다. 어떤 대상에 대해 쓸 때, 감상이나 생각 같은 막연한 것들을 자신의 필터로 여과해서 자신의 말이라는 틀에 넣는 변환 작업이 이뤄진다.

말로 변환이 될 때는 대상과 나의 거리와 관계를 확인하게 된다. 즉 세계관이 필요하다. 쓰는 행위를 하는 중에 우리 안에는 세계관이 자라고 구축된다. 그리고 계속 쓰는 것은 세계관을 강하게, 깊게 만든다.

자신이 서 있는 위치를 알지 못한다면 어둠 속을 걷는 것과 같다. 별이나 산과 같은 대상을 의식함으로써 자신이 어느 쪽을 향해 걷고 있는지 알 수 있게 된다. '쓰기'는 세계관을 구축해서 자신이 있는 곳을 확인하는 측량과 같다.

말로 구현함으로써 대상에 대한 자신의 생각과 자신이 서 있는 위치가 명확해진다. 온갖 대상에 대해 씀으로써 자신이 서 있는 위치나 세계관이 굳건해진다. 자신의 말을 가지고 대상과 마주하는 것은 용기를 내 자신과 마주하는 것이다. 용기 있게 자신의 말로 얘기하자.

전에는 남의 말을 자신의 생각인 양 받아서 옮기기만 했던 발표를 용기 내서 자신의 말로 해냈을 때의 충만감은 무엇과도 바꿀 수 없다. 그 충만감은 남한테서 빌린 말로는 표현할 수 없다. 자신만의 세계관을 표현할 수 있었기 때문에 얻은 것이다.

말과 대결해 끝장을 보겠다는 각오

노트북이나 스마트폰에 고만고만한 글을 주절주절 쓰거나, 아무래도 좋은 말을 트위터에 올리거나, 아무 말이나 쓰인 트윗을 들여다보는 건 굉장히 즐겁다. 나도 모르게 몰두해서 시간을 잊어버리고 만다. 하지만 그렇게 막연한 생각들은 글로 만들어도 얻을 수 있는 게 적다. 말과 대결하지 않았기 때문에 효과적으로 세계관이나 개성을 구축할 수 없다.

어떤 한 주제에 대해서 생각하고 고민하면서 쓸 때 세계관이 구축된다. 그것이 도드라지는 때는 물 흐르듯 쓰지 못하고 걸려버렸을 때다. 걸린다는 건 말을 선택하는 데에 망설임을 느끼는 상태다. 몇 가지 선택지 중에서 고민하고 선택해서 말을 결정할 때 세계관은 구축된다.

일이나 연구를 할 때도 납득할 수 없고, 잘 안 되는 부분이 있더라도 끝장을 보는 것이 중요하다. 세세한 부분까지 신경쓰는 것은 좋은 마음가짐이다. 하지만 중간에 멈추는 것보다 끝까지 완성을 했을 때 얻을 수 있는 것이 더 많다. 세부 사항에 너무 집착한 나머지 도중에 포기하는 것은 피하도록 하자. 게다가 완성하고 나서 잘 안 되던 부분을 살펴보면 의외로 간단하게 해결되는 일이 정말 많다.

글을 쓰고 있을 때 '확 와 닿지 않아서'란 이유로 중간에 중단해버리는 건 안타까운 일이다. 딱 맞는 말을 찾을 수 없더라도 일단 끼워 맞추고 진행해보자. '임시'로라도 좋다. 끝까지 다 써보자.

마지막까지 다 씀으로써 세계관이 구축되고, 다 쓰기 전과 같은 것을 보더라도 다른 것이 보이게 될 것이다. 잘 안 풀리던 부분을 돌아보면 답이 보일 수 있다. 다음에 같은 주제에 관해 쓸 때는 훨씬 편하게 쓸 수 있게 된다. 이미 그 주제에 대응하는 세계관이 준비돼 있기 때문이다. 마지막까지 끝장을 보자.

세세한 건 신경 쓰지 말고, 마지막까지 해내겠다는 목표를 세우도록 하자.

'쓰기' 시작했다면 '이야기'까지 해보자

인생은 이야기다. 극적인 인생을 보낸 특별한 사람만 이야기할 게 많은 건 아니다. 50년 가까이 살아오면서 알게 된 것은 누구에게나 이야기가 있다는 것이다. 기사회생의 대역전극이나 라이벌에게 배로 갚아준 이야기 같은 극적인 드라마만 이야기가 아니다. 피곤하더라도 가족 돌봄을 쉴 수 없고, 매일 아침 상사에게 싫은 소리를 듣는 게 지긋지긋하다는 이야기처럼 아무에게도 말하지 않은 이야기가 우리에게는 있다. 인생은 이야기다. 앞으로 있을 인생을 이야기할 수 있다면 인생을 그 이야기에 가깝게 만들어 가는 것 또한 가능하다.

열광을 불러일으키며 많은 공감을 얻는 성공한 비즈니스 업계의 성공한 사람들은 이야기를 좋아한다. 자신의 말로 이야기함으로써 현실이 자신의 이야기에 다가오게 만든다. 이야기를 함으로써 꿈과 이상을 현실화한다.

"사람들이 정보를 더욱 공개적으로 교환하게 된다면 세상은 더욱 좋아질 것이다. 페이스북은 그 실현을 도와준다."
— 마크 저커버그(페이스북 공동창업자)

"마쓰시타전기는 사람을 만드는 곳입니다. 겸사겸사 전기 기구도 만들고 있습니다."

"기업은 사람이다."

— 마쓰시타 고노스케(파나소닉 그룹 창업자)

마크 저커버그도 마쓰시타 고노스케도 쉬운 말로 꿈을 이야기하고 그것을 실현했다.

새해 목표를 세우는 것도 하나의 '이야기'다. 목표를 수첩에 적어놓지 않으면 그 목표를 달성할 수 없다. 마음속으로 '이런 걸 하고 싶다'고 막연하게 생각만 하지 말고 자신의 말로 변환해서 명확하게 하면 비로소 의식에 입력된다.

'이야기'는 자신의 말로 자유롭게 하자. 그리고 끝까지 다 쓰자. 그러고 나서 할 수 있으면 세부 사항에 신경 써보자. 그 편이 자신과 이야기의 위치 관계와 거리를 재기 쉽고, 인생을 접근하기 쉬운 것으로 만들어준다.

프로 축구 팀의 코치는 중요한 시합 전에 선수들에게 환상의 패스로 연결한 골인 장면이나 끈질긴 수비로 골대를 지킨 순간, 승리의 개선가를 팬들과 함께 부르는 모습을 모은 비디오를 보여주면서 팀에 기합을 불어넣기도 한다. 구체적인 성공 경험을 이야기로 만들어 자신들의 미래를 거기에 가깝게 만들고자 하는 것이다. '이야기'를 통해서 인생을 더 좋은 쪽으로 흐르게 할 수 있다.

이야기함으로써 더 크고 강한 세계관을 손에 넣을 수 있다. 소설가가 짧은 에세이와 장편 소설을 썼을 때, 그 소설가의 세계관이 더 강하게 배어나오는 것은 장편 소설 쪽인 경우가 많다. 크게 '이야기하는' 중에 다양한 대상과 자신의 위치 관계나 거리를 재면서 말로 만들 기회도 늘어난다. 그만큼 세계관도 강해진다. 즉 큰 이야기를 '이야기하는' 과정을 통해 압도적인 세계관을 손에 넣을 수 있다.

목표를 수첩에 적어놓지 않으면 그 목표를 달성할 수 없다. 마음속으로 '이런 걸 하고 싶다'고 막연하게 생각만 하지 말고 자신의 말로 변환해서 명확하게 하면 비로소 의식에 입력된다.

개성은 삶의 무기다

개성이 없으면 뚫고 나갈 수 없는 시대

얼마 전에 인터넷 검색에 도전해서 "컴퓨터 안에는 여러 가지 정보가 들어 있구나!" 하고 큰소리로 외치며 승리의 포즈를 취하는 60대 사원이 있었다. 그는 스마트폰이나 컴퓨터도 제대로 다뤄본 적이 없고 아마도 컴퓨터와 워드 프로세서의 차이도 모를 것이다. 지금까지 익혀 온 기술이 대부분 쓸모없어질 미래도 짐작하지 못할 것이다.

우리는 앞으로 다가올 냉엄한 세상을 알고 있다. 컴퓨터, 스마트폰, 인터넷, 인공지능(AI) 등의 보급으로 정보량이 아무리 많고 정보처리 속도가 아무리 뛰어나도 강점이 되지 않는다. 게다가 한 사람 한 사람이 "당신이 할 수 있는 게 뭡니까?"라는 질문을 받고 있다.

코로나 재난 이후의 세계가 어떻게 변할지 알 수 없다. 팬데믹 이후 어두운 예측을 내놓는 과학자나 지식인들도 많다. 젊은 세대는 미래의 불온한 공기를 민감하게 느끼고 있다. 그들이 온라인 모임이나 세미나 같은 직장 외의 장소, 예를 들어 온라인 살롱이나 세미나에 흥미를 갖거나 참가하는 것은 불안의 발로다.

개성을 살릴 수 있는 사람과 없는 사람으로 승자와 패자가 더 확연히 갈리는 세상이 될 것이다. 사회 전체가 여유가 없어지고 있기 때문에 결과를 내지 못하는 사람에겐 관용을 베풀지도 않을 것이다.

개성을 살릴 줄 아는 사람이 살아남는다. 강하고 긍정적인 세계관이 담겨 있는 이야기를 계속해서 만들어내는 사람들이다. 그들이 말하는 이야기와 세계관에 사람들은 공감하고 매혹당해 왔다.

예컨대 닌텐도 사장이었던 이와타 사토루. 그는 '닌텐도 다

이렉트'라는 동영상에 등장해서 신작 게임을 자신의 말로 소개했다. "직접!" 하고 말하면서 두 손으로 포즈를 취하는 그의 모습은 인상적이었다. 이와타 사토루는 닌텐도 DS나 닌텐도 Wii와 같은 신형 게임기를 스펙이 아니라 '이런 새로운 놀이도 있어요' 하고 이야기하는 방식으로 소개했다. 많은 사람들이 그 이야기에 공감했고 상품은 대히트를 쳤다. 오해를 무릅쓰고 말하자면, 우리는 닌텐도 DS나 닌텐도 Wii에 공감한 게 아니라 카리스마 있는 이야기와 그 세계관에 공감한 것이다.

나는 영업 일을 하고 있다. 기본적으로 사람과 만나는 일이다. 코로나 유행 이후 온갖 직종에서 가능한 한 사람과 만나지 않는 새로운 업무 방식이 요구되고 있다. 만날 기회가 적어진다는 것은 만나서 이야기할 만한 가치가 있는 사람만 기회를 얻게 된다는 뜻이기도 하다.

만날 가치가 있는 사람이란 만나고 싶어지는 사람이다. 자신의 세계관에 근거한 자신만의 생각과 의견을 말로 전할 수 있는 사람이다. 자신의 말로 이야기하자. 그것이 만나서 말할 가치가 있는 사람에게 있는 최소한의 필요조건이다. 어디서 들어본 것 같은 이야기만 하는 인간은 아무도 원하지 않을 것이다.

세계관 증강이 최강의 생존 전략이다

누구에게나 개성이 있다. 아직 발견하지 못했을 뿐이다. '개성적인 사람'이란 일반적으로 '개성이 강한 사람'이라는 의미로 쓰인다. 하지만 개성은 꼭 그런 것만은 아니다. 사무직 동료들로부터 "매일 모르는 사람과 만나서 이야기할 수 있다니 대단해. 난 못 하겠다."라는 말을 몇 번이나 들었지만, 내가 볼 때는 매일 책상에 앉아서 사무를 보는 동료들이 대단하다. 이것 또한 각자 지닌 개성의 차이다.

개성을 발견하지 못하는 이유는 세계관이 확립돼 있지 않기 때문이다. 예를 들면 비범한 재능을 지닌 사람이 있더라도 그 재능을 찾아내는 헤드 헌터와 그 재능을 길러줄 코치를 만나지 못한다면 그냥 묻힌 채로 끝난다. 인생에서 계속 같이 달려줄 헤드 헌터나 코치는 없다. 자기 안에 있는 세계관이 헤드 헌터이자 코치다. 우리들은 자신의 재능을 알아봐주고 그것을 키워줄 세계관을 자기 안에 품고 있어야 한다.

'쓰기'만으로도 자신의 전속 헤드 헌터 겸 코치가 될 세계관을 구축할 수 있다. 힘든 시대가 와도 기회는 있다. 글을 써서 자신을 들여다보고 세계관을 구축하는 것이 살아남는 전략의 기반이 된다.

편견이나 자기에 대한 고정관념 없이 담담한 시선으로 자신을 관찰해보자. '내 개성은 이래야만 해'라는 선입관은 버리고 자신의 가능성을 좁히지 않도록 하면 된다. 선입관만 가지지 않으면 누구라도 될 수 있다. "아무도 될 수 없었다"고 말하는 사람은 단지 '뭔가가 되려 하지 않았던 사람'이다.

현실 감각을 기르는 글쓰기

개성은 '타고나는 것'이 아니라 '찾아 가는 것'

"개성이 무기입니다."

"개성으로 시대를 헤쳐 나가겠습니다."

"저에게 있는 힘으로 세계를 바꾸겠습니다."

이런 기세 좋은 발언을 하는 젊은이들을 보면 흐뭇해진다. 그들의 위태로움조차 부럽다. 그들에게 미래를 맡기고 싶은 기분을 느낀다. 사회에 나온 후 많은 젊은이들을 봐 왔다. 그중에는 회사는 단지 기술과 경험을 익히는 장소라고 명쾌하게 결론 짓고 개성으로 살아남을 각오를 다지는 믿음직한 젊은이도 있었다.

한편 "이제부터는 개성이다"라고 말하는 젊은이들 중에도 "네 개성은 뭔데?" 하고 물었을 때 유감스럽게도 "음, 저도 잘 모르겠는데요……"라고 대답하는 사람도 있었다. 자신의 개성을 모르는데 어떻게 싸울 작정이었을까.

개성은 자연스럽게 숙성돼 발견하는 것이라고 생각하는 사람이 많은 모양이다. 분명하게 말해 둔다. 개성은 찾으러 가지 않으면 발견할 수 없다. 자신의 힘으로 살아가는 사람들은 예외 없이 스스로 개성을 찾아 연마해 온 사람이다.

개성을 찾는 제일 빠른 방법은 '나를 발굴한다'고 의식하며 글을 쓰는 것이다. 글을 쓰다가 '내가 이런 생각을 하다니' 하고 놀랐던 경험은 없는가? 계속 쓰다 보면 그런 놀라운 발견을 할 기회도 늘어난다. 그 놀라움 어딘가에 바로 개성이 있다.

예를 들어 목표나 꿈에 대해 써보자. '즐겁기 위해서' '돈을 많이 벌 수 있을 테니까' '세상에 기여하고 싶다' 등등 여러 가지 소재를 글로 쓸 수 있다. 거기에서 한 걸음, 두 걸음 내디디며 써본다. 긍정적인 대상에 대해서는 부정적인 관점을 넣어서 말로 써 나가다 보면 깊이 파낼 수 있다.

① 즐겁다. → 즐겁다는 것만으로 계속할 수 있을까?
② 돈벌이가 된다. → 회사 사정이 안 좋아져서 돈을 못 벌게 되더라도 목표로 삼을 수 있는 꿈인가?

계속 파내다 보면 그 목표나 꿈이 자기가 정말 하고 싶은 것인지 보이게 된다. 처음에는 흐리터분해 보여도 글로 쓰다 보면 명확해진다. 점점 자신에 대해 알게 되고, 개성도 찾을 수 있을 것이다. 개성은 타고나는 것이 아니라 찾아 가는 것이다.

그런 무기로 숙적을 이길 수 있습니까?

개성은 사람마다 다르다. 훈련 없이 바로 투입해도 써먹을 수 있는 개성이 있는가 하면 키워야 하는 개성도 있다. 우리는 자신한테 주어진 개성으로 싸우지 않으면 안 된다.

가끔씩 '이 개성으로 숙명의 적을 이길 수 있을까?'를 점검해보는 것이 좋다. 롤플레잉 게임에서 숙적과 싸우기 전에 하는 상태 점검 창 체크 요령이다. 상대가 얼마나 센지, 상대방의 공격력과 자신이 지금 지니고 있는 무기를 상상하면서 비교하고 싸울 수 있는 상태인지 판단한다. 만약 불안을 느껴 출격이 망설여지면 장비를 다시 점검하고, 경험치도 벌고, 무기가 될 개성도 체크해보자.

'이 무기로는 숙적을 이길 수 없다'는 걸 알았다면 무기가 잘못된 것이다. 작전을 다시 짜자. 이전 회사에 근무할 때 컴퓨터 관련 부서에 악기를 연주해본 경험도, 작곡 경험도 없으면서 당시 가요계를 떠들썩하게 만든 라르크앙시엘의 노래에 감동해서 그냥 아무 생각 없이 프로 뮤지션이 되겠다고 회사를 그만둔 동료가 있었다. 사람들은 의외로 자신에 대해 모른다.

왜 '무기=개성'의 오류를 알아채지 못할까? 그 이유는 자신의 위치를 모르기 때문이다. 라르크앙시엘의 노래를 듣고 감동한다. 명곡 〈화장〉을 듣고 인생이 바뀔 만큼 마음을 빼앗겼다. 하지만 그 밴드와 자신의 거리를 파악하지 못한다. 그 밴드가 지금까지 쌓아 올린 것들, 아이디어, 밴드의 연주 능력, 탑 뮤지션이 되려면 필요한 수준과 자신의 위치 관계가 보이지 않는다. 비극이다.

세계관이 구축되어 있었다면 자신과 라르크앙시엘의 거리와 관계를 따져봤을 테고 그러면 곧바로 퇴직하는 선택지는 사라진다. 라르크앙시엘이 되려고 '분투 중이다'라고 말하면 멋있어 보일지 몰라도 그냥 무모할 뿐이다. 애초에 아무것도 없는 상태에서 '라르크앙시엘이 될 수 있다'고 생각했다면 라르크에 대한 존경이 결정적으로 부족했던 것이다.

씀으로써 무모한 도전이 사라진다. 자신의 위치가 명확해지고 과제도 보이며 해야 할 일이 드러나게 된다. 현실적인 도전으로 변한다. 무언가에 도전할 때에는 세계관이 버팀목이 되어준다.

이 '뜬금없는 라르크 군'이 지금 무엇을 하고 있는지는 모른다. 확실한 것은 그가 라르크앙시엘의 멤버가 되지는 않았다는 틀림없는 사실뿐이다. 만약 그 무렵 '뜬금없는 라르크 군' 안에 세계관이 있었고 자신이 서 있는 위치를 인식했더라면, 도전을 현실적으로 만들어서 노력했다면 작은 클럽에서 공연하는 라르크앙시엘 모방 밴드 멤버 정도는 되었을지도 모른다. '그가 만약 글을 써서 도전을 현실적으로 바꿨더라면……' 하고 떠올릴 때마다 안타까운 생각이 든다.

자신을 알아야 진짜 적을 알 수 있다

싫은 소리만 하는 상사, 잘 안 맞는 반 친구들, 내키지 않는 일, 터무니없이 빡빡한 업무 목표량. 도망치고 싶지만 도망칠 수 없다. 머리를 싸맨다. 스트레스 때문에 위에 구멍이 난다.

잘 안 맞는 상대나 재미없는 일에 대해서는 생각하고 싶지 않다. 그게 사람의 속성일 터이다. 이렇게 말하지만 내게도 떠올리고 싶지 않은 몹쓸 상사가 있었다. '떠올리기만 해도 짜증난다' '말 좀 예쁘게 할 수 없나' 하고 감정적으로 되어버릴 것만 같은 바로 그때야말로 '쓰기'가 나설 차례다. 왜 몹쓸 상사는 몹쓸 자인가. 왜 잘 안 맞는 것인가. 그 계기는 뭘까. 나는 여러 각도에서 쓰고 버렸다.

쓰기는 냉정함과 객관성을 가져다주었다. 그러자 '절대로 소통하기 곤란했던 상사지만…… 진행하는 일로만 제한하면 참을 수 있을지도……' '하고 싶지 않은 업무 중에 아주 약간이지만 업무 능력을 기르는 데 도움 될 만한 요소를 찾을 수 있었다' 같은 타협점을 찾을 수 있었다.

감정적으로 대하면 머리에 피가 몰려서 대상을 흐리멍덩하게 포착할 수밖에 없게 된다. 감정적으로 대해서 크게 받아들이기 십상인 고민과 문제를 쓰기를 통해 대처할 수 있을 정도로까지 분해할 수 있다. 말을 무기로 삼으면 냉정함을 되찾고 어떤 곤란한 일에도 대처할 수 있게 된다.

생각대로 안 되는 일이 많은 우리들 인생에서도 쓰기를 통해 여러 일을 해결할 수 있는 과제로 바꿀 수 있다. 큰 문제를 작은 문제로 해체해서 해결하는 게임으로 삶을 간주하고 나아가는 것은 살아가는 데 유용한 자세다. **쓰기만 해도 적을 약하게 만들 수 있다.**

'쓰기를 즐길 수밖에 없는 구조'를 만들자

머리말에서 얘기했듯이 쓰기에는 '생각대로 글을 쓸 수 있게 된다' '인생을 좋은 방향으로 흐르게 한다'는 이중 효과가 있다.

쓰는 것은 기본적으로 자유롭고 재미있다. 재미있으니까 계속할 수 있다. 오래전에 "재미가 없으면 TV가 아니다"라는 TV 방송국의 선전 문구가 있었는데, 글쓰기에 관한 나의 문구는 '재미가 없으면 쓰기가 아니다'이다.

상대와의 거리나 자신이 서 있는 위치를 의식하면서 나만의 말로 쓰는 것이 익숙해지면 이만큼 재미있는 것이 없다. 운동을 마친 후 기분 좋은 피로감과 함께 몰려오는 상쾌함에 가까운 기분을 얻을 수 있다.

글을 쓰다 보면 아무 기미도 없이 갑자기 발상이 떠오를 때가 있다. 글을 쓰고 있을 때, 눈 앞에 있는 문서와는 전혀 관계 없는 일이 떠오르는 것이다. 회사에서 보고서를 쓰고 있을 때

참신한 기획이나 어렸을 적에 만들고 싶었던 플라스틱 모델을 문득 떠올리기도 한다. 여유가 있으면 적극적으로 샛길로 새서 그걸 끝까지 파고들어보자. 재미있는 것을 발견할 가능성이 높다. 밴드가 라이브 현장에서 열정이 폭발해서 완벽하게 계산된 CD 앨범 연주보다 더 멋진 즉흥 연주를 할 수 있게 되는 것과 같다.

나는 일하는 중에는 항상 옆에 종이를 두고 있다가 아이디어가 솟구치면 거기에다 쓰고 버린다. 문서 편집 프로그램이나 구글 문서를 띄워 두는 것도 좋다. 발상은 더 구체화되지 못해 찌그러진 것도 많지만, 돌발적으로 나와 쓰고 버린 것들이 나중에 도움이 된 적이 여러 번 있다.

쓰고 있을 때 문득 머리에 한 구절이나 말이 떠오르면 적극적으로 받아들이자. 아직 익숙해지지 않았기 때문에 처음에는 잘 안 될 것이다. 하지만 이런 생각을 개성으로까지 승화시킬 수 있으면 개성 있는 글을 쓸 수 있게 된다. 어쩌면 문법적으로 잘못되어 있을지도 모른다. 하지만 그런 건 신경 쓰지 말고 자유와 재미를 앞에 두자. 규칙에 얽매여 자유롭게 쓸 수 없다면 그것은 주객전도이다.

재미있을 법한 요소를 찾아서 계속 쓰는 것이 글을 쓸 수 있게 만드는 유일한 수단이다. 재미있을 법한 것을 찾는 버릇을 들이는 것은 일이나 사생활, 인생의 여러 순간에 도움이 되는 사고방식이며 나는 '쓰기'를 통해 그것을 배웠다.

글을 썼더니 고민이 사라졌다

혼란스럽고 정리돼 있지 않아 고민한다

고민 없는 인간은 없다. 하지만 고민하는 사람 중 다수는 '무엇을 고민하는지' 명확하지 않은 경우가 많다. 고민한다기보다는 혼란스러워하는 것이다. 혼란스러우니까 제대로 고민을 마주할 수 없는 것이다. 혼란은 처리가 고민의 속도를 따라잡지 못하는 상태다. 정리되지 않으니 고민과 맞대면할 수 없다. 그러니 고민이 끝도 없다.

고민을 세 가지 유형으로 나누는 사고 정리법

나도 고민에 빠질 때가 있지만 언제까지고 끙끙대며 길게 끌지는 않는다. 남들처럼 고난을 겪고 사회의 거친 파도에도 부대낀다. 하지만 고민에 짓눌리진 않는다. 내 안에서 고민을 처리할 수 있기 때문이다. 실제로 쓰기를 통해 얼마나 많은 고민을 지워 왔는지 모르겠다.

정확하게 말하면 고민이 없는 것은 아니다. '노후는 괜찮을까' '해고당하지는 않을까' …… 이런 큰 고민은 있다. 하지만 쓸데없는 고민은 안 한다. 깔끔하다. 그렇기 때문에 고민에 짓눌리지 않는다.

고민에는 세 종류가 있다. ① 해결할 수 있는 고민, ② 해결하기 어렵거나 해결 불가능한 고민, 그리고 ③ 냉정하게 생각해보면 고민할 거리가 아닌 것이 있다. 고민에 대해 자신의 말로 써보면 고민이 간단히 정리될 수도 있다.

① 해결할 수 있는 고민

회사나 학교에서 맡게 되는 어려운 목표, 가족이나 인간관계 문제, 괴롭힘, 기술 부족, 경험 부족, 진로 고민이나 인생 설계, 재능 부족. 이런 것들은 난이도 차이는 있지만 자신의 노력과 경험과 약간의 운만 있으면 해결할 수 있다. 제대로 한번 맞붙거나 극복하면 인생을 좋은 쪽으로 바꿀 수 있는 진짜 고민.

② 해결 불가능한 고민

죽음, 인류 멸망, 주가 등락, 외모·신체 콤플렉스, 부모에 대한 불만, 천재지변 등 자신의 힘이 미치지 않는, 고민해봤자 어떻게도 할 수 없는 문제. '재능이나 개성 부족'도 여기에 넣기 십상이지만, 이런 상황은 자신을 발굴하는 것을 포기했거나 재능을 잘못 쓰고 있는 것뿐이기 때문에 사실 해결할 수 있는 고민이다.

③ 잘 생각해보면 고민거리가 아닌 것들

기타. '어떤 차림을 하고 나갈까' '내 글에 대한 평가가 나쁘다' 매너리즘에 빠졌다' '이웃집이 상식 범위를 아슬아슬 오갈 정도로 시끄럽다' '방이 더럽다' '서류 정리를 못하겠다' 같은 문제는 잡음이라 해도 좋다. 이런 아무래도 좋은 일들이 쌓이면 진짜 고민과 뒤죽박죽 뒤섞여 성가시게 된다.

고민하고 있는 것들을 써보자. 이 세 가지 유형으로 구체적으로 정리하면 깔끔해진다. 고민을 깎아낸다고 여기고 쓰고 버리면 된다. 고민 앞에 내내 서 있기만 해서는 고민이 사라지지 않는다. 써서 불필요한 고민을 없애버리자.

세계관이 확립되면 고민이 쉽게 정리되는 이유

'수입이 적어서 생활이 힘들다' '파트너가 다른 사람을 만나는 것 같다' 등 고민을 그대로 쓰기만 하면 고민 그 자체를 직시하는 결과가 되어 괴로워지기만 한다. 더 의기소침해져서 고민에 사로잡힌 고민 좀비가 되어버린다.

고민을 쓸 때는 막연하게 나열하지 말고 '고민을 줄인다'는 목적을 명확하게 하고 나서 맞서도록 하자. 자신의 말로 고민을 분해한다는 목적의식을 가지고 쓰는 것이다.

분해 포인트

- 고민이 시작된 계기
- 고민한 결과
- 고민의 영향

고민 그 자체가 아니라 고민을 둘러싼 질문들에 관해 명확하게 써보자. 왜 고민하게 되었는지, 언제부터 고민했는지, 그 고민은 늘 하는 것인지 아니면 가끔씩 하는 것인지, 이렇게 명확하게 쓴다. 그렇게 고민을 분해하다 보면 '바로 해결할 수 없는 고민'과 '해결할 길이 보이는 고민'과 '고민이라고 할 수 없는 것'을 선별할 수 있다. 고민이 확실하게 줄어든다. 정리할 수 있다.

최종적으로는 인생을 걸고 고민해야 할 '진짜' 고민이 남는다. 써서 자신의 말로 구현해서 막연한 것을 명확하게 만들어 고민을 간단하게 바꾸면 '뭘 고민하고 있는지 모르는 상태'에 빠지기 어려워진다.

씀으로써 고민이라고 믿고 있던 것이 고민이 아니라는 것을 알게 된다. 고민과의 위치 관계나 거리가 확실해질수록, 즉 세계관이 확립되어 가면 갈수록, 고민이 무엇인지 파악하기 쉬워진다.

"나는 록 스타가 될 거야. 가사에 인생의 고뇌를 담기 위해서

이 지상에 있는 온갖 고뇌를 이 몸이 받아주지." 이런 세계관을 지닌 자칭 '존 레논의 환생'이라면 아침에 현관을 나서다 밟은 개미의 아픔도 고뇌가 될 것이다. 세계관은 그 사람이 세계를 보는 방식이다. 세상을 구분하는 선이다. 고민이 너무 많은 상태는 이 선이 확립돼 있지 않다는 뜻이다.

진짜 고민과 대치하는 일은 인생의 묘미다

쓰기를 통해 고민이 아닌 것은 잘라낸다. 자신의 노력으로 해결할 수 있는 것은 과제로 받아들인다. '혜성이 떨어지면 어떡하지'처럼 혼자서 고민해봤자 어쩔 도리가 없는 것도 고민에서 제외해 나간다. 체로 쳐서 떨어내고 남아 있는 것이 진짜 고민이다. 쓰기를 통해 세부 내용까지 명확하게 걸러낼 수 있다면 더 정확하게 고민의 정체를 파악할 수 있게 된다. 유리하게 싸울 수 있다.

진짜 고민이 마법처럼 뿅 하고 사라지는 것은 아니다. 나는 50년 가까이 살아오면서 최근에야 이런 진짜 고민과 대치하는 것이 인생의 묘미가 아닌가 하고 생각하게 되었다. 진짜 고민은 자신의 그림자와 같은 것이다. 어디까지고 쫓아온다. 얼마든지 받아주자.

'광차 문제(trolley dilemma)'라고 '누군가를 살리기 위해 다른 사람을 희생시키는 것이 용납될 수 있는지' 묻는 윤리학 문제가 있다. '고장 나 폭주하는 광차가 달려오고 있다. 당신은 선로의 분기점에 있고, 아무것도 하지 않으면 선로에 있는 다섯 명이 죽는다. 하지만 전철기를 조작해서 다른 선로로 광차를 유도하면 다섯 명은 살 수 있지만 그 대신 반드시 한 명은 죽는다. 당신이라면 어떻게 하겠는가?' 이런 내용이며 다양한 입장과 관점에서 서로 의견을 내지만 완벽한 해답은 존재하지 않는다. 그리고 '광차 문제는 참 어려워' 하고 머리를 갸웃거리며 고민하게 된다.

사실 우리가 품고 있는 문제나 고민은 광차 문제보다 몇 단계나 더 복잡하고, 훨씬 난이도가 높다. 예컨대 '부하 직원이 말을 안 들어서 화가 난다'는 문제는 어디에나 흔히 있다. 하지만 세세한 조건은 모두 다르기 때문에 해결 방법도 문제의 수만큼 존재한다. 광차 문제는 전제가 되는 조건이 정리되어 있지만, 우리들이 매일 고민하는 것들은 사소한 문제일지라도 조건이 정리되지 않고 복잡다단하며, 게다가 궤도차 문제와 비슷하거나 그것보다 더 어려운 문제가 포함돼 있다.

명확한 답은 좀처럼 찾을 수 없다. 어쩌면 답이 없을지도 모른다. 고민이 뿅 하고 사라지는 건 불가능하다. 우리는 그런 풀 수 없는 퍼즐을 안고 살고 있다.

'진짜 고민'을 마음껏 고민하자. 온 힘을 다해 고민하고 온 힘을 다해 생각하다 보면 '진짜 고민'도 해결할 수 있다. 돌이켜 보면 젊었을 때 했던 막연한 고민 중에도 '진짜 고민'이 있었을 것이다. 글쓰기를 몰랐던 당시의 나는 그 고민을 멍한 상태로 그냥 지나쳐버리고 말았다. 그때의 고민이 지금의 내게 찾아올 일은 이제 없다. 정말 아까운 짓을 했다고 최근 들어 아주 후회하고 있다.

| 정리 |

- '쓰기'만 하면 누구나 천재가 될 수 있다.
- 쓰면 다른 사람의 지식을 내 것으로 만들 수 있다.
- '창조'와 '기록'을 구분하자.
- 이야기에 인생을 맞추자.
- 개성은 저절로 생기지 않는다.
- '쓰는 것'이 도전을 현실로 만든다.
- 나의 위치를 확인하는 일을 습관화하자.
- 쓰기를 통해 '진짜 고민'과 대결하자.

글쓰기는
인생의 나침반이다

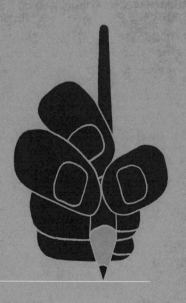

'흔들리지 않고 산다'는 것은
'제대로 흔들리며 산다'는 것

글을 쓰면 제대로 흔들리며 즐겁게 살 수 있다

요즘 들어 흔들리지 않는 삶이 예찬받고 있다. 그러나 나는 "이제부터는 흔들리지 않는 태도가 아니면 삶을 헤쳐 나갈 수 없어요"라는 젊은이들의 농담 같은 진담을 마냥 응원할 수가 없다. 과거 일본에는 주군이나 자신의 신념을 위해 목숨을 거는 인물, 그런 인물의 흔들리지 않는 삶을 예찬하는 분위기가 있었다. 구스노키 마사시게(가마쿠라 시대의 무장)나 사나다 유키무라(오다 노부나가, 도요토미 히데요시가 권력을 장악했던 아즈치모모야마 시대의 무장)가 그런 인물이었다. 그러나 '흔들리지 않음'을 찬양하는 것은 지금 시대에 맞지 않는 낡은 태도라고 생각한다.

'흔들리지 않는' 태도라고 하면 목표 지점까지 최단 거리를 찾아 빠르게 돌파하고 성과를 올리는 이미지를 떠올리고 이를 긍정적으로 여기는 사람들이 많은 듯하다. 헬스장이 "저희 다이어트 프로그램은 결과를 천천히 보여드립니다"라고 사실에 가까운 광고를 하면 먹히지 않을 것이다.

흔들리지 않는 태도란 목적이나 목표를 향해 일직선으로 돌진하는 생활 방식이다. 달리 보면, 그 직선 주로에는 존재하지 않는 가능성을 놓치는 삶의 방식이기도 하다. 이런 방식으로는 도전이나 시도, 시행착오 같은 옆길에서 얻을 수 있는 것들을 놓치게 된다. 조금 느리더라도 옆길로 새어 최단 코스에는 없는 가능성을 보는 쪽이 인생의 폭을 더 넓혀줄 것이다.

예를 들어 닌텐도는 최신 기술에 바로 달려들지 않고 기존의 기술을 조합해서(일종의 옆길로 새기) 매력적인 상품을 시장에 내놓고 있다. 그 결과 코로나19 사태에 따른 경기 침체 속에서도 사상 최고의 실적을 냈다. 기존 기술을 가지고 궁리한 것은 '최신 기술을 향해 무조건 직진'의 자세가 아니라 여유 있게 샛길을 걸어가면서 할 수 있는 일을 찾아가는 자세를 취했기에 가능했다. 다만 어떤 상황에서든 '오락으로서 게임기를 만든다'는 방향성은 일관돼 있다. 그 점에서는 완강하다. 흔들리지 않는다.

기업이 실적에만 신경을 쓰는 바람에 직원들의 인권과 노동

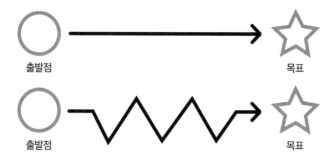

흔들리는 삶 쪽이 얻는 것이 더 많다

위의 그림처럼 목표를 향해 최단 거리로 나아가기(흔들리지 않는 삶)보다 아래 그림처럼 목표를 향해 이리저리 가는(흔들리는 삶) 쪽이 도중에 있는 보물을 만날 확률이 높다.

환경을 무시해 과로사와 산업재해 등 인명 피해를 내는 경우도 일직선으로 돌파하는 방식이 낳은 폐해일 것이다. 기업의 수장이 실적 추구라는 직선 주로에서 벗어나 노동 환경에도 눈길을 줬더라면 그러한 일이 벌어지진 않았을 것이다.

흔들림을 우왕좌왕이나 돌아가는 길이라고 부정적으로 받아들이지 말고 가능성을 넓히는 생활 방식이라고 긍정적으로 받아들이자.

흔들리지 않는 생활 방식(삶의 태도)은 목표가 잘 보여야 취할 수 있는 방식이다. 그런데 실제로 정확하게 목표를 볼 수 있는 사람이 얼마나 될까? 애초에 목표가 보이지 않더라도 앞으로 나아가야 하니까 우리의 인생이 어려운 것이다.

우리는 목표를 찾아 걸어가는 인생이라는 여행길 위에 있다. 이 여행 도중에 최대한 많은 것을 보고 듣고 느끼기 위해 흔들리는 삶을 긍정할 수 있다면 더 나은 삶을 살 수 있을 것이다. 어느 정도 방향성을 유지한 채 흔들리면서 궤도 수정을 거듭하며 나아가자. 세계관이 구축되어 있다면 실수나 실패도 더 빨리 알아챌 수 있다. 세계관은 인생길을 걸어 나가는 데 필요한 나침반이다.

빠르게 변화하는 시대에 '흔들리지 않는' 것은 불가능

흔들리지 않는 삶은 멋있다.

먼 곳을 바라보는 경영자의 사진에 "주위의 반대에도 신념을 굽히지 않고 밀고 나갔다. 그 결과가 연간 매출 4천억 엔의 기업 ○○이다" 같은 설명이 곁들여진 기사를 보면 참 멋지다는 생각이 든다.

하지만 현실적으로 요즘 같은 시대에 흔들리지 않는 삶을 관철하는 게 가능할까? 자신의 경력에 득이 되지 않는 일은 누구라도 하고 싶지 않을 것이다. 경영자의 손자를 즐겁게 해줄 '요괴 워치' 장난감을 찾아서 불볕더위 속을 뛰어다니고 싶은 사람이 어디 있겠는가. 그래도 여러 사정 때문에 그런 일을 할 수

밖에 없는 때가 있다.

조직에 속해 있으면 상사에게 부당한 말을 듣거나 자신의 신념에 어긋나는 일을 요구받을 때도 있다. 이럴 때 흔들림 없이 맞서거나 거부할 수 있을까? 그럴 수 없다. 경영자의 지시가 다소 말이 안 되더라도 거절하기 어렵다. 은행원인 주인공 '한자와 나오키'가 은행의 부패한 윗선에 맞서는 이야기를 다룬 TV 드라마 〈한자와 나오키〉(2013)가 높은 시청률을 올린 것도 흔들림 없이 자신을 관철하기 힘든 현실에 대한 반항심 때문일 것이다.

흔들리지 않는 삶은 "회사 따위 그만둬도 상관없어", "거래처의 신뢰를 잃더라도 어쩔 수 없다" 같은 결심을 하지 않는 한, 현실적으로는 불가능한 삶의 방식이다.

어디에 중점을 두느냐에 따라 정답이 바뀐다

흔들리기 싫은 마음과 흔들릴 수밖에 없는 환경 사이에서 고민하고 있다면, 그것을 글로 쓰고 버려보자. 흔들리고 있다는 생각은 사실일까? 글로 써서 객관적인 관점에서 확인해보자.

상사의 지시가 회사의 정책이나 이익과 상반될 때, 상사의 지시를 저버렸다.

→ 관점) 내가 따라야 할 것은 무엇인가.

고객을 위해 일하고 있지만 목표 달성을 위해 예상 구매자에게 필요 없는 상품을 사도록 유도했다.

→ 관점) 무엇을 위해 일하는가.

담당 업무를 엄수하라는 규칙이 있지만, 내 담당이 아닌 고객에게서 "당신이 맡아준다면 상담을 진행해도 좋습니다"라는 말을 듣고 일을 맡고 말았다.

→ 관점) 규칙과 이익 중 어느 쪽을 앞에 놓을 것인가.

이런 사례들은 '어디에 중점을 두느냐'에 따라 답이 바뀐다. '흔들린다', '흔들리지 않는다'에 대한 판단도 관점에 따라 달라지는 것이다.

나는 대학을 졸업하고 나서 계속 영업직으로 일해 왔다. 그러나 30살이 되어 중견 사원이라고 불릴 때까지 다른 부서에 지원 명목으로 파견되어 영업과 관련 없는 일을 많이 했다. '이런 일이 무슨 의미가 있을까?'라는 의문과 하고 싶지 않은 마음만 점점 쌓여 갈 뿐이었다.

당시에 이 문제를 글로 쓰고 버리면서 마음이 후련해졌음을 지금도 똑똑히 기억한다. 몇 분 정도 걸려서 나만의 말로 만들어 썼을 뿐이다.

현재 상태 - 원래는 영업직이지만 회사 물류 창고에 파견돼 지게차로 화물 운반을 하고 있다. → 영업에 도움이 안 된다.

생각의 가지 ①

왜 도움이 안 된다고 생각하나? → 영업 현장에서 지게차를 활용할 만한 상황을 상상할 수 없다. → 경험으로서는 어떤가? → A. 나중에 고객을 상담하면서 이야깃거리로 꺼내어 쓸 가능성이 있다. B. 물류 현장을 아는 게 쓸모없지는 않을 것이다.

생각의 가지 ②

영업이라는 틀에 매여 있지 않은가? → 일이란 무엇인가? 평생 영업 일을 할 가능성은? → (지금 주어진 일을 열심히 하면) 영업의 틀을 넘어선 인간관계를 만들 수 있다. → 그것은 지금 아니면 할 수 없는 일인가? → 본격적으로 영업 일에 뛰어든 뒤에는 할 수 없다. → 지금 해 두는 의미는? → 현장에서 일하면서 인간관계를 만들 수 있는 절호의 기회. → C. 지금 하는 일을 계속한다면 장기적으로 이익이 된다. D. 직장을 옮길 때 도움이 될 가능성도 있다.

결론 - 지금은 영업 일에 도움이 안 되는 듯하지만, 새로운 인간관계를 맺고 영업의 틀에 얽매이지 않는 식견을 얻는 등 장기적인 관점에서 보면 쓸모없진 않을 것이다.

흔들릴 수밖에 없는 환경

```
┌─────────────────────┐
│      지게차 업무      │
└─────────────────────┘
           │
           ▼
┌─────────────────────┐
│   영업에 도움이 되나?   │
└─────────────────────┘
       ╱        ╲
      ▼          ▼
┌──────────┐  ┌──────────────┐
│ 영업에 활용할 │  │ 영업의 틀을 넘어선 │
│ 상황을      │  │ 인간관계를 만들 수 │
│ 상상할 수 없다.│  │ 있을 듯하다.     │
└──────────┘  └──────────────┘
  │     │        │      │
  ▼     ▼        ▼      ▼
```

A.	B.	C.	D.
상담 자료가 될 수 있겠다.	현장을 알 수 있다.	길게 보면 도움이 될 것이다.	전직할 때 도움이 될 것이다.

이렇게 써서 버리고 나는 마음 편히 흔들렸다. 잠시 맡은 업무일지라도 쓸모 있는 사람이 되어보자고 결심하고 지게차를 운전하며 의심과 불안을 극복했다. 결과적으로는 그때 쌓은 인간관계가 나의 강점이 됐다.

내가 하고 싶은 말은, 지금 자신이 놓인 상황을 받아들이라고 무작정 스스로 타이를 것이 아니라 쓰기를 통해 받아들일 수 있는 이유를 만들어주는 게 좋다는 것이다. 자기 자신에게 설명의 책임을 다하면 납득하고 몰두할 수 있게 되고 배움의 효과도 극대화된다.

프로 축구나 프로 야구에서는 멀티플레이어가 보물처럼 여겨진다. 한 팀당 경기에 출전할 수 있는 등록 선수의 수가 제한되어 있기 때문이다. 타자로서 능력은 평균 이상이지만 수비에선 1루수밖에 못 맡는 야구 선수, 중앙 공격수밖에 못 맡는 축구 선수보다 다양한 포지션을 잘 소화할 수 있는 선수가 팀에 힘이 된다.

상황을 거시적으로 파악하고 납득한 뒤에 경험을 쌓는 것이 중요하다. 그러면 당장은 빙 돌아가는 것처럼 보이지만 실은 최단 거리를 달리고 있었음을 나중에 결승선을 통과한 뒤에 알게 된다. 이렇게 거시적, 전략적으로 기회를 잡는 삶의 방식을 두고 '제대로 흔들리기'라고 말하고 싶다.

제대로 흔들려서 인생을 풍요롭게 만드는 방법

흔들리되 제대로 흔들리면 된다. 제대로 흔들리는 것은 문제가 드러났을 때 재빨리 궤도를 수정할 수 있는 상태를 유지하는 것이다.

방향성이 잘못되지만 않았다면 괜찮다. 크게 흔들려보자. 위에서 내려다봤을 때 이리저리 흔들리고 있더라도 목표를 향해 나아가고 있으면 괜찮다. 이 정도의 가벼운 마음으로 살아가는 게 좋다. 빠른 직선 주로에서 벗어나 만난 풍경과 샛길에서 얻은 경험이 나무줄기처럼 우리를 든든하게 지탱해줄 것이다. 줄기가 굵어질수록 인생은 더 풍요로워진다. 나는 흔들렸을 때 경험에서 실마리를 얻어 위기를 빠져나온 적이 정말 많다.

대책 없이 마구 흔들려도 괜찮다는 이야기가 아니다. 그러기엔 우리에게 주어진 시간이 너무 짧다. 탄광에서 일하면서 우주 비행사가 되겠다는 꿈을 꾸는 것은 난이도가 너무 높다. 비슷하게나마 그런 일을 실현했던 건 내가 알기로는 영화 〈아마겟돈〉(1998)의 해리 스탬퍼(브루스 윌리스)밖에 없다.

느슨해도 좋으니까 어느 정도 방향성을 유지하자. 그 방향성을 어렴풋이 머릿속으로 그리지 말고 글로 써서 말로 만들어 의식에 입력해 두어야 한다. 간단히 설명하면, 먼저 출발지점과 목표를 각각 표시하고 두 지점 사이를 직선으로 연결한다. 현재 자신의 위치가 직선을 벗어나 있더라도, 즉 흔들리고

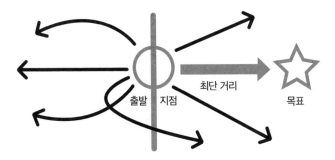

올바르게 흔들린다는 것은

출발 지점 · 최단 거리 · 목표

엉망진창으로 흔들리는 것이 아니라 느슨하더라도 목표를 향해 나아가는 것이 올바르게 흔들리는 삶의 방식이다. 때때로 자신의 현재 지점을 글로 써서 검증해보자. 출발 지점에서 왼쪽으로 향하는 길에 있다면 수정한다.

있다 해도 방향이 목표 지점을 향해 있다면 그건 올바른 흔들림이다.

조금이라도 후퇴하고 있으면 재검토한다. 반대 방향으로 가고 있다면 중지한다. 머릿속에서 떠올리는 이미지는 모호하지만 말이나 관계도로 그려냄으로써 선명해진다. '쓰기'를 통해서 제대로 흔들리며 살 수 있다.

예)

일어난 일 → 말로 구체화해보니…

프로젝트 마감 직전에 인사이동이 이루어졌다. 재미없다. → 결과를 객관적인 입장에서 볼 수 있다.

기획이 통과되지 않는다. 연구를 계속하고 있지만 상품화가 될 전망이 보이지 않는다. 내게 맞는 일이 아닌가? → 실적과 연결되지 않는 기획이나 다른 분야의 연구를 회사 경비로 할 수 있다. 다행이다.

사업 철수나 구조조정 같은 부정적인 일을 맡는다. 일에서 의미를 찾을 수 없다. → 나중에 창업했을 때 도움이 될 만한 귀중한 체험을 OJT(On-the-Job Training, 직무 교육)를 통해 얻을 수 있다.

이처럼 첫인상은 부정적이어도 '쓰기'를 통해 긍정적인 요소를 찾을 수 있다. 자신을 속이면서 긍정의 마음을 덧씌우는 게 아니다. 자기기만은 오래가지 못한다. 이것은 눈앞의 부정 요소를 말로 분해해서 긍정 요소를 찾아내는 방법이다.

목표를 향해 곁눈질 한 번 하지 않고 최단 거리로 곧장 나아가는 것은 효율적이긴 하지만 재미가 없다. 싱겁다. 제대로, 크게 흔들리며, 즐겁게 살자. 근시안적인 태도를 지니지 않도록 주의하자. 하기 싫은 일이 있어도 하나하나 자신의 말로 분해해서 부정적인 요소를 잘라내다 보면 긍정적인 요소를 반드시 찾아낼 수 있다. '작은 좋은 것'이 쌓여 삶이 충만해진다.

부정을 긍정으로 전환하기

① 부정을 긍정으로 전환하기가 어려울 때는

② 부정을 언어로 분해해서 긍정 요소를 찾아낸다.

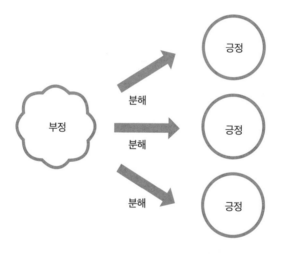

글쓰기가 키워주는 포용력

제대로 흔들릴 수 있다면 다른 사람에게 좀 더 너그러워질 수 있다. 말이나 행동으로 나타나는 다른 사람의 흔들림도 받아들일 수 있게 되기 때문이다.

우리는 대부분 자기 자신에 대해 잘 모르는 채로 살아간다. 타인은 더더욱 모른다. 그래서 다른 사람의 작은 몸짓이나 말 한마디에 의미를 부여하며 불안해지는 경우가 종종 있다. 이런 불안을 피하기 위해 우리는 타인을 단순화해서 '(A는) 원래 이런 사람'이라고 단정해버린다. 단순화로 안심을 얻는 것이다.

인간은 복잡한 존재다. 타인도 나와 똑같은 복잡한 존재임을 인식하자. 그런 인식을 바탕에 두고 타인을 관찰해보자. 그리고 '쓰기'를 통해 자신의 말로 그 사람을 다시 정의해보는 것이다. 글로 써보면 나의 일방적인 추측이나 느낌에 가려 보이지 않았던 상대방의 다양한 면모를 더 잘 볼 수 있다. '쓰기'를 통해 더는 첫인상에 휘둘리지 않게 된다.

예를 들어 같은 부서에 나에게 유독 '삐딱한 태도를 보이는 동기'가 있다고 하자. "저 사람은 원래 성격이 나빠", "나랑 원래 안 맞아" 이렇게 단정해버리면 더는 그 사람에 대해 고민할 필요가 없다. 그런데 정말 이것으로 괜찮은가? 동기에 대해 분해해서 써보자.

'삐딱한' → 눈에 띄게 (내게) 자주 반대한다. → 왜 반대하는 걸까? → 짐작 가는 게 없다. → 반대하면서 대안은 없다. → 나와 성격이 맞지 않을 가능성이 크지만 나를 질투해서 그럴 가능성도 있다.

'태도' → 매번은 아니고 상황에 따라 다르다 → 왜? → 성격이 달라서 그러는 거라면 매번 그럴 것이다. → 그런데 실제로는 상황에 따라 다르다. → 그렇다면 뭔가 다른 요인이 있다.

'동기' → 나와 같은 해에 입사했다. → 동기라고 뭉뚱그려서 생각해도 괜찮나? → 그러고 보니 이 사람은 얼마 전 다른 부서에서 이동해 왔다. → 원래 이 부서 출신인 동기(나) 때문에 초조함을 느끼고 있을지 모른다.

글로 씀으로써 상대를 단순화하지 않고 좀 더 자세히 들여다볼 수 있다. 머릿속으로 생각만 하는 것보다 글로 써서 말로 분해함으로써 상대를 더 깊이 이해할 수 있게 된다. 원래 서로 안 맞는다고 생각했던 것이 단순히 관계의 첫 단추를 잘못 꿰었기 때문일 수도 있고, 타인의 복잡한 면모를 헤아리기가 어려워서 그랬을 수도 있다. 다시 말해 우리는 쓰기를 통해 타인이 나와 마찬가지로 복잡한 존재임을 인식하고 나아가 상대를 이전보다 조금이라도 더 잘 이해할 수 있다.

덧붙이자면 내 마음을 아주 오랫동안 어지럽힌 상사에 대해 몇 번이나 글로 써서 검토한 결과, 미련 없이 깔끔하게 관계를 정리할 수 있었다. '쓰기'가 해로운 관계를 정리하게 도와준 것이다.

상대를 단순화하지 않는 것이 존중으로 이어진다

혹시 '저 사람은 어떤 사람인지 잘 모르겠어'라고 생각하며 피한 적은 없는가? "괴짜 같아", "가까이하기 힘들어", "무슨 말을 하는지 도통 모르겠어" 같은 이유를 대며 가식적으로 대하거나 거리를 둔 적은 없는가? 나도 직장 생활을 시작한 뒤로 '나하고는 맞지 않는 사람'이라 단정 짓고 거리를 둔 사람들이 많다. 지금은 좀 후회하고 있다.

다른 사람과 서로 완벽하게 알 수 있다는 것은 환상이다. 서로 완벽하게 아는 상태가 된다면 그건 말 그대로 기적 같은 일이다. 만일 당신 인생에 그런 존재가 있다면 부디 소중히 여기길 바란다.

'모르는 것'과는 거리를 두고 싶어진다. 그러는 게 편하기 때문이다. 하지만 모르는 상태로 방치하면 '더 모르는 것'이 된다. 이윽고 손을 댈 수 없게 되고 최악의 경우에는 아예 외면하게 된다. 모르는 것, 이해하기 힘든 것을 만나면 글로 써보자. 글로 써보면 사실 내가 상대를 완전히 모르는 건 아님을 알게 될 것이다. 내가 잘 아는 부분도 있고 나와 비슷한 부분도 있다. 그러니 이렇게 말할 수 있을 것이다. 쓰기를 통해 완벽히 이해할 수는 없어도 적어도 받아들일 수 있는 존재로는 바꿀 수 있다.

내가 무엇을 알고 무엇을 모르는지 알면 두려움이 사라진다. 상대를 단순화해서 '이해 불가'라는 딱지를 붙이고 쉽게 끝낼 수 없게 된다.

예전에 도무지 마음에 들지 않는 거래처 담당자가 있었다. 일은 잘하는 사람이었다. 하지만 사람을 깔보는 듯한 태도에다 오만함이 비치는 말투도 거북하고 싫었다. 아마 그도 나를 썩 좋아하지는 않았을 거라 생각한다. 서로 이해할 수는 없었지만 업무 측면에서는 나도 그 사람도 파트너 관계를 유지하는 편이 이득이었기 때문에 다소 삐걱거리기는 했지만 신뢰 관계를 맺을 수 있었다. 둘 다 자신이 상대를 잘 모른다는 것을 인정했기 때문에 오히려 서로 받아들일 수 있었다.

내가 상대의 어떤 부분을 모르는지 글로 써서 나의 말로 정의하면, 잘 모르는 사람일지라도 이유 없이 두려워하거나 외면하지 않을 수 있다. 상대를 단순화하지 않는 것은 상대에 대한 존중으로 이어진다. 존중할 수 있는 대상이 늘면 친구가 늘고 삶이 더 즐거워진다.

다른 생각이나 반론을 받아들여 더 발전시킨다

나와 다른 의견을 지닌 사람을 만날 때면 기뻐서 가슴이 뛰곤 한다. 어쩌면 내가 원래 청개구리 같은 성격이어서 그럴지도 모르겠다. '이 사람은 또 어떤 새로운 의견을 내놓을까?' 생각하면 기대감에 등줄기가 오싹해진다. 내 상상력이 닿지 않는 아이디어나 나와 다른 관점을 만날 수 있기에 즐겁다. '내 생각하고 다르니까'라는 이유만으로 귀를 기울이지 않는 것은 분명히 나 자신에게 큰 손해이다.

그런데 자신의 생각을 명확하게 알지 못하면 다른 의견을 즐길 수 없다. 다른 의견에 거부 반응을 보이는 것은 자신의 생각이 아직 뚜렷하지 못한 데서 비롯된 불안감의 표출일 수 있다. 쓰기를 통해 자신의 세계관을 구축해 두면 다른 의견을 잘 받아들일 수 있다.

물론 절대로 용인할 수 없는 의견이나 생각도 있다. 그런 경우에도 글을 쓰는 것이 도움이 된다. 연봉 협상을 위한 업무 평가 기간에 한 신입 사원에게서 다음과 같은 이야기를 들었다. "요즘은 평등이 중요합니다. 우리 부서가 회사에서 요구한 만큼 성과를 냈다면 개인별 실적에 차이가 있어도 부서원 모두 평등하게 점수를 받아야 합니다." 그때 내가 논리적으로 반박할 수 있었던 것은 글을 계속 써 온 덕분에 내 안에 '업무 평가 기준'이 명확하게 서 있었기 때문이었다.

글쓰기로 새로운 나를 발견한다

자신의 장점이나 단점에 대해 쓰고 버린다

초등학생 시절에 '나에 대하여'라는 글감으로 작문을 하느라 진땀을 뺀 적이 있는가? 나는 내가 어떤 사람인지 잘 몰라서 장래 희망을 쓰고 적당히 얼버무렸다. 비슷한 경험을 한 사람이 많지 않을까 싶다. 장점도 그렇고 단점도 스스로 정확하게 인식하기는 대단히 어렵다.

나는 말을 참 못한다. 그래서 입사 후 영업부에 배치되었을 때 내게 정말 안 맞는 일이라고 생각했고 그만두고 싶은 마음이 간절했다. 그때 나의 상사는 "말을 잘하고 못하고는 이 일과 관계가 없어. 영업은 남의 말을 잘 들을 수 있는 사람이 해야 해"라면서 인사이동 요청을 거절했다. 당시 상사와 나 둘 중 어느 쪽이 나라는 사람을 더 잘 알았는지는 그로부터 20여 년이 지난 지금 내가 여전히 영업직에 있다는 사실이 확인해준다.

가끔이라도 좋다. 자신의 장점이나 단점에 대해 글로 쓰고 버려보자. 눈치 볼 것 없이 직설적으로 자신의 말로 구체화해보자.

자신에 대해 쓸 때는 제삼자의 관점에서 보려고 노력해보자. 또 다른 나를 설정해서 다른 사람에게 내가 어떻게 보이는지 상상하면서 써 나간다. 부감하듯이 제삼자의 관점에서 보는 것은 익숙해지기만 하면 쉽게 할 수 있다. 나는 카메라를 들고 나 자신을 촬영한다고 상상하면서 쓴다.

자신의 안 좋은 점을 직시하는 것은 힘이 된다

'본래의 자신'에게 얽매이지 말자. 여기서 본래의 자신은 있는 그대로의 자신을 말하는 게 아니라, 변명을 위해 편의상 만들어낸 상상의 자신이다. 이직하고 싶을 때, 일이나 연구가 힘들 때, 무언가를 포기하려 할 때, 본래의 자신이 튀어나와서 "지금 이 모습은 가짜야, 이건 본래의 내가 아니야"라고 악마처럼 속삭인다.

자신에 대해 쓰다 보면 때로는 자신의 싫은 부분이나 치명적인 약점을 목격하게 된다. 그때 본래의 자신에게로 도망치지 않도록 하자. 본래의 자신을 내세워 변명하며 도망치는 한 앞으로 나아갈 수 없다.

도망갈 장소로서 '본래의 자신' → 실상

남을 배려하는 나 → (실상) 자기중심적인 언행이 잦고, 타인을 업신여기기 일쑤임.

도박을 그만둘 수 있는 나 → (실상) 그만두려고 생각하면서도 그만두지 못함.

마음만 먹으면 언제든 실행할 수 있는 나 → (실상) 안 함. 게으름을 피움.

이런 느낌으로 자신에 대해 써보자. 자신의 안 좋은 점을 직시하고 나서 '어쩌다 이렇게 글러 먹은 인간이 된 거야' 하고 절망하지 말고, 현실과 이상의 차이를 잠재력으로 여기고 앞으로 나아가면 된다. 중요한 것은 되풀이하지 않는 것이다. 지금 글렀다 해도 잘못된 상태로 내버려두지만 않으면 된다.

자신에 대해 이야기하는 것이 인생 설계로 이어진다

본래의 자신이 커다란 힘이 될 때도 있다. 예를 들어 도무지 빠져나갈 수 없을 것 같은 역경, 절체절명의 위기에 빠진 영웅이 "원래의 나라면 여기서 포기할 순 없지. 나는 영웅이니까!"라며 자신감을 되찾아 싸움터에 복귀하는 경우는 본래의 자신이 이상향으로서 긍정적으로 작용한 것이다.

본래의 자신을 변명거리가 아니라 발전의 근거로 만들자. 한 걸음 앞으로 나아갈 때 본래의 자신을 마음의 보강재로 삼는 것이다.

'본래의 자신'과 '현실'을 놓고 글로 써보자. 둘의 차이는 곧 가능성이다. 차이가 클수록 성장의 잠재력이 크다는 뜻이다.

나는 영업이라는 일과 안 맞는 게 아닌가 하고 고민하던 시기에(아주 짧은 기간이었지만) 본래의 자신을 내가 될 수 있는 모습이라고 판단하고 스스로 격려했다. 긍정의 말은 실제로 글로 씀으로써 의식에 더욱 강하게 입력된다.

너무 긴장한다. → 좋은 긴장감을 유지할 수 있다.

이야기를 하는 것이 힘들다. → 말하기보다 듣는 데 소질이 있다.

마감 시간이 아슬아슬 다가올 때까지 움직이지 않는다. → 여유로운 태도.

이처럼 부정적인 모습을 긍정적인 모습으로 바꾸어 표현함으로써 본래의 자신을 변명거리에서 자신감의 근거로 바꾸어 나갔다. 내가 되고 싶은 나의 모습을 이야기한 것이었다. 이야기에는 인생을 디자인하는 힘이 있다. '생각하기', '떠올리기'에서 한 단계 나아가 말로 쓰고 이야기로 만들면 그 내용이 의식에 더욱 또렷이 새겨진다.

한편으로 본래의 자신을 생각하는 것은 타인을 배려할 수 있게 한다. 예를 들어 어떤 사람을 믿고 일을 맡겼는데 그가 해내지 못했을 때 "저 사람은 영 안 되겠군, 끝이야"라고 부정적인 평가를 내리고 싶은 마음을 꾹 참고 "본래의 그는 그런 사람이 아닐 거야. 한 번 더 기회를 주자"라고 마음을 달리 먹을 수 있다. 그렇게 엄격함과 너그러움을 함께 갖춘다면 실패 속에서도 희망을 찾을 수 있고 함께 일하기 좋은 환경을 만들 수 있다. 본래의 자신을 긍정적으로 활용하자.

흥미 없는 일을 재미있는 일로
만드는 쓰기의 비밀

좋고 싫음으로 판단하는 것은 사고 정지와 같다

어떤 대상을 좋고 싫음으로 가름하지 않기란 쉬운 일이 아니다. 우리에게는 감정이 있기 때문이다. 그리고 보통의 마음가짐이라면 꼴 보기 싫은 상사, 귀찮은 회의, 이런 싫은 것들은 안간힘을 다해 피할 것이다. 하물며 싫어하는 것에 일부러 관심을 두고 재미를 느낀다는 것은 있을 수 없는 일이다.

내가 '쓰기'로 얻은 변화 가운데 가장 큰 것은 '싫어하는 것에 흥미를 느낄 수 있는 마음가짐'이다. 그전까지는 싫어하는 것에 대해 스스로 먼저 생각한 적이 없었다. 싫은 것을 글로 쓰는 경험은 내게 미개척의 땅과 같았다. 그리고 그것은 새로운 발견과 놀라움이 가득한, 유쾌한 경험이 되었다.

싫어하는 사람이나 짜증 나는 일은 아예 생각도 하지 않으려 한다면 그것은 사고 정지 상태와 같다. 그래서는 아무것도 얻을 수 없다. 예전에 한 공간에서 같은 공기를 마시고 싶지 않다는 생각이 들 정도로 싫은 상사가 있었다. 어느 날 내가 그를 왜 그토록 싫어하는지, 어떤 점이 싫은지 글로 써보았다. 느낌이 아닌 논리를 토대로 삼아 싫어하는 이유를 정리하면서, 마주치기조차 꺼려지던 상사에게서 내가 얻은 것이 있음을 깨달

앗다. 성격이 맞지 않는다는 이유만으로 유능한 사람의 뛰어난 점을 배우지 않는 것은 나 자신에게 큰 손해라고 단언할 수 있다. '싫어하는 것'을 싫어하는 채로 끝내지 말자.

개인이 접할 수 있는 자원은 적다. 가능한 한 많은 자원을 구해 유용하게 쓰는 게 좋다. 만화 《데스노트》에서처럼 사신의 노트를 얻는다 해도 싫어하는 사람을 당장 돌연사로 죽이는 것보다 자신에게 이득이 될 부분은 취하고 죽음에 이르게 하는 편이 낫지 않겠는가.

배움을 극대화하는 데 필요한 사고법

좋고 싫음의 단순한 잣대로 대상을 판단하지 않는다. 감정을 떼어내고 대상과 마주한다. 이것들은 쓰기라는 행위를 통해 누구라도 쉽게 할 수 있다. 다음 단계는 지금까지 흥미를 느낄 수 없었던 대상과 마주하는 것이다. 살다 보면 싫어하는 것, 좋아하기 힘든 것을 수두룩하게 만나게 된다. 실제로 좋아하는 것보다도 더 많이 만나게 된다(내 경우는 그랬다).

인생은 짧다. 특히 성장할 수 있는 젊음의 시간은 정말로 짧다. 그 짧은 시간을 가치 있게 보낼 수 있는지 없는지는 지금 눈앞에 있는 것으로부터 영양분을 얼마나 많이 흡수할 수 있느냐에 달려 있다. 입맛에 맞는 것만 고르다가는 영양 불균형에 시달리게 된다.

하지만 지금 내게 있는 것이라곤 끔찍한 상사와 이해할 수 없는 동료, 매일 쌓여만 가는 업무와 과제, 달성 불가능한 목표, 붐비는 지하철로 통근하면서 얻은 피로, 늘어만 가는 흰머리, 약해지는 위장 따위가 전부인데? 우리는 거의 모두 비슷한 환경에서 살아간다. 의식의 감도(感度)를 높이고, 지금 나를 둘러싼 환경에서 얼마나 많은 것을 흡수하느냐에 따라 차이가 생긴다. 흥미가 없는 것이나 싫어하는 것에서 등을 돌리고만 있으면 흡수할 기회를 잃어버리게 된다.

가끔 우리 인생이 폭우가 내린 뒤 많은 쓰레기가 쓸려 내려오는 강과 같다는 생각이 든다. 무엇 하나 건질 게 없어 보이고 암담하다. 하지만 자세히 들여다보면 그 안에 반짝이는 보물이 숨어 있다. 그러므로 "아, 내 인생은 왜 이렇게 초라하지" 하고 쉽게 포기하지 말고 다음과 같이 생각해보자.

좋아하는 것, 흥미 있는 것에 대해 우리는 전문가다. 무의식 중에도 늘 생각하고 연구한다. 지금까지 관심 없던 분야에서 우리는 당연히 초심자다. 그러나 일단 시작하면 초심자의 행운(beginner's luck)으로 새로운 정보를 얻을 수 있는 기회가 있다.

의미 없다고 생각하거나 흥미를 느낄 수 없어 관심을 두지 않았던 것들 속에 우리가 미처 보지 못했던 보물이 있는 경우가 많다. 이렇게 생각을 바꾸면 흥미를 느끼지 못하던 것에서 가치를 발견할 수 있다.

나는 글을 쓰면서 글감을 모으고 싶다고 의식한 이후로 내 앞에 있는 모든 것에서 영양분을 얻을 수 있게 되었다. 끔찍한 상사나 바보 같은 회사 조직의 관례에서도 나름대로 배울 점이 있었다. 쓰레기 더미에서 보물을 찾을 수 있느냐 없느냐는 자신에게 달렸다.

보물 찾기 안테나의 감도를 올리는 요령은 '집착을 버릴 것', 그리고 '아무 접점 없는 분야에는 도전하지 말 것'이다. 예를 들어 서점에 가서 책을 볼 때 주로 살펴보는 장르가 있게 마련이다. 나는 일부러 바로 옆 책장에 꽂혀 있는 책과 잡지를 본다. 그렇게 하면 기존의 관심 있는 분야, 이미 아는 것들과 가까우면서도 새로운 지식을 만날 수 있다.

결국은 쓰는 것이 전부다

바보의 벽을 함께 넘어 새로운 광경과 만난다

'흔들리지 않는 삶'의 아류로 '바보와 어울리지 말라'는 사고 방식도 있다. 출발선에서 결승선까지 일직선으로 돌파하려 한다면 바보와 어울리는 것 혹은 바보 같은 행동은 시간 낭비일 뿐이다. 하지만 제대로 흔들릴 수 있다면 바보와 어울리는 것 또한 긍정적인 일로 바꿀 수 있다.

현실은 바보 같은 짓, 바보 같은 사람투성이다. 머리가 좋은 사람도, 사회적으로 성공한 엘리트도 때때로 바보처럼 어리석은 일을 저지른다. 2020년 12월에 일본의 자민당 의원 4명이 코로나19 긴급사태 기간인데도 밤 11시가 넘은 시각까지 도쿄의 술집들을 돌아다닌 것이 밝혀져 의원직을 사퇴하거나 탈당하는 일이 일어났다. 당시 일본 정부는 긴급사태 기간 중 식당이나 술집 영업을 오후 8시까지로 제한했고, 시민들에게는 오후 8시 이후엔 집 밖 외출을 자제하도록 권고한 상황이었다. 머리가 좋고 나쁜 것과 무관하게, 결코 해서는 안 될 일을 저지른 것이다.

자기 안에 있는 바보 요소를 포함해 바보 같은 사람과 어떻게 어울릴 수 있을지 생각하는 것이 바보와 절대로 어울리지 않겠다는 다짐보다 현실적이다. 물론 바보와 어울리지 않는 것도 개인의 선택이고 자유다. 다만 이것도 바보 같고 저것도 바보 같다면서 그런 사람들과 모두 관계를 끊다가 혼자 남더라도 후회하지 말기 바란다(범법 행위 같은 바보 짓은 당연히 고려할 가치가 없다).

'바보와 어울리지 않는다'는 태도는 어떤 사람을 '바보'라는 틀에 넣고 단순화하는 것이다. 첫인상으로 바보라고 판단하고 바보 딱지를 붙여 관계에서 잘라내는 경우가 많다. 잘라내기 전에 그 사람이 왜 그런 바보 같은 언행을 했는지 따지지 않는다. 사고 정지이기도 하고 강자의 논리이기도 하다.

바보 같은 말을 하는 사람과 어울리면 짜증 나고 피곤해진다. 하지만 유감스럽게도 매번 그런 사람에게서 벗어날 수는 없다. 특히 자신의 어리석음에서는 도망칠 수도 없다. 마음 굳게 먹고 바보 같은 사람과도 사귀어보자.

바보와 관계를 끊고 싶은 충동이 드는 이유는 왜 그런 언행을 하는지 이해할 수 없어서 상대하기 곤란하기 때문이라는 게 크다. 바보의 정체를 알 수 없는 성질은 글로 써서 내버리고 나의 말이라는 틀에 넣어서 분명하게 만들면 된다. 정체를 파악하면 대응책을 찾을 수 있다. 어떤 무기를 써야 할지 알 수 있고, 적정 거리를 유지하면서 싸울 수 있게 된다.

① 현재 소비세율이 8%라고 생각한다. 올해의 서력을 자꾸 헷갈린다. (사회 상식 부족형 바보) → 상식이 부족하다. → 상식에 얽매이지 않았을 가능성이 있다. → 왜 그런 상태가 되었을까? → 상식을 몰라도 살아갈 수 있는 현대의 편리함의 희생자.

② 기억력에 자신이 있다며 메모를 하지 않아 잊어버린다. (자기 평가가 너무 높은 바보) → 왜 자기 평가가 높아졌는가? → 정말 높게 평가하고 있는가? → 나는 할 수 있다는 자기 암시를 걸고 있는 것인가? → "너는 똑똑한 아이야"라며 칭찬받고 자란 교육의 피해자.

(자기 안의 바보 같음도 포함해서) 바보와 어울리다가, 어린 시절부터 '오와리(지금의 나고야)의 큰 바보'라고 불린 오다 노부나가 같은 천재를 만날 기회가 생길지도 모른다. 바보의 벽을 함께 넘으면 새로운 광경이 나타날지 모른다. 이런 기대를 계속 품고 있으면 어떤 바보와도 잘 지낼 수 있을 것이다. 자기 안에 있는 바보 같음 또한 받아들일 수 있을 것이다.

자신을 알면 불안이 여유로 바뀐다

흔들리지 않으려는 것도, 바보와 어울리지 않으려 하는 것도 알고 보면 내 안에 있는 문제 때문일 수 있다. 여유가 없으니까 바보나 흔들림을 받아들일 수 없는 것이다.

우선 자신을 알아야 한다. 자신을 알면 불안이 여유로 바뀐다. 쓰기를 통해 세계관을 구축해 두면 자신의 위치가 명확하기 때문에 어떤 바보를 만나더라도 여유 있게 대응할 수 있다.

여유 있게 자신과 타인의 바보 같음과 흔들리는 인생을 받아들이고, 거기서 무언가 배우고 흡수하는 인생이 목표를 위해 속도와 효율을 우선시하는 인생보다 다양한 경험을 할 수 있다. 삶을 즐길 수 있다. 이런 조언을 받아들일지 말지는 각자 선택할 일이지만 더 나은 삶을 즐기고 싶다면 받아들이는 쪽을 택해야 한다.

어떤 문제든 글로 써서, 자신의 말로 구체화하면 해결의 실마리가 보이게 된다. '트위터에 (주장을) 툭 던져 팔로워의 의견을 듣는' 것으로는 인생의 문제를 해결할 수 없다. 그건 타인의 말이다. 남의 말을 빌려 해결했다는 꺼림칙한 기분에 젖게 될 뿐이다. 자기 인생에서 일어나는 문제를 해결할 수 있는 사람은 자기 자신뿐이다.

나는 글을 계속 쓰면서 '나'라는 사람을 조금씩 이해할 수 있게 되었다. 그 결과 여유를 지닐 수 있게 되었다. 바보 같은 언행을 되풀이하는 상사나 일어나선 안 될 사건을 일으키는 후배에게 화가 치밀긴 하지만 받아들일 수 있게 되었다. 복잡한 자신을 받아들이듯이 복잡한 타인을 받아들여 나의 양식으로 삼을 수 있게 되었다.

가장 중요하게는 속수무책으로 흘러가는 매일을 즐길 수 있게 되었다. 여유가 여유를 낳아 점점 더 편안하게 살 수 있게 되었다. 이 모든 일이 쓰는 행위에서 시작되었다. 한 번 속는 셈 치고 '쓰고 버리기'부터 시작했으면 한다. '쓰기'를 통해 인생을 개척하기 바란다.

세계관이 있으면 미지의 것에 대처할 수 있다

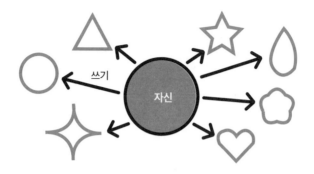

다양한 대상에 대해 씀으로써 자신의 위치를
파악하고 있다. = 세계관이 구축돼 있는 상태.

미지의 것이나 고민의 씨앗이 나타나더라도 자신이
탄탄하게 안정돼 있다면 대처할 수 있다.

| 정리 |

- 흔들리되 제대로 흔들리자.

- 글을 쓰면 제대로 흔들리기가 쉬워진다.

- 첫인상에 지배당하지 않도록 주의한다.

- 단순화하지 않으려는 자세가 존중으로 이어진다.

- 다른 의견에 거부 반응을 보이는 것은 불안의 표시다.

- '본래의 자신'을 핑계 삼아 현실에서 도망치지 말자.

- '흥미가 없는 것' 속에 보물이 잠들어 있다.

글을 쓸 수 없게 가로막는
장애물 치우기

글감은 누구에게나 있다

'쓸 수 있는 사람'과 '쓸 수 없는 사람'의 차이

아내는 내가 글을 쓸 때마다 신기해한다. 글을 쓸 수 있는 사람은 소수이고 쓸 수 없는 게 보통이란다. 아내 말처럼 글쓰기는 일부에게만 허락된 행위일까? 글을 쓸 수 있는 사람과 쓸 수 없는 사람의 차이는 무엇일까?

대학교 학부 시절에 일반 교양 과정으로 문장 강의를 수강한 적이 있다. 강사가 "○○에 대해 생각나는 것을 써주세요"라고 했는데 글이 나오지 않았다. 잘 쓰고 못 쓰고 이전의 문제였다. 아예 쓸 수 없었으니까.

당시에 나는 내가 글을 쓰지 못하는 이유를 기술의 문제라고 생각했다. 그때의 나처럼 자신이 글을 쓸 엄두조차 못 내는 이유를 '기술이 없어서' '글쓰기를 제대로 배운 적이 없어서'라고 생각하는 사람이 많은 듯하다. 지금도 나는 글쓰기의 기술 같은 건 모른다. 몹시 서투르다. 하지만 못 쓰면 못 쓰는 대로 나의 생각, 의견, 감정을 그다지 힘들이지 않고 말로 표현할 수 있게 되었다. 쓸 것이 내 안에 쌓여 있는 상태이기 때문이다.

글을 쓰려면 자기 안에 '쓸 것'이 쌓여 있어야 한다. 쓸 것이 쌓여 있으면 '주제'라는 구멍을 뚫었을 때 그 구멍으로 글이 쏟아져 나온다. 예를 들어 이 책의 주제는 '쓰기'인데, 나의 경우 지난 20년간 꾸준히 글을 써 왔기 때문에 이 주제에 관해 쓸 것이 많이 쌓여 있었다. 저수조에 담긴 물이 '쓸 것'이라면 글 쓰는 기술은 방수(放水) 핸들을 돌리는 데 도움이 되는 윤활유다. 윤활유는 있으면 편리하지만 없어도 괜찮다. 힘을 약간 더 들이면 얼마든지 핸들을 돌릴 수 있다.

세계관을 가지고 관찰을 계속하면 누구나 쓸 수 있다

준비만 된다면 누구나 쉽게 글을 쓸 수 있다. '준비'라고 하면 글쓰기의 기술을 습득하기 위한 훈련이나 지식과 정보를 얻기 위한 사전 취재 따위를 떠올리기 쉽다. 하지만 그보다 중요한 게 있다. 바로 '세계관'이다. 나만의 세계관으로 세상을 관찰할 때 내 안에 쓸 것이 쌓이기 때문이다. 확고한 세계관이 구축돼 있다면 어떤 주제에 대해 '무엇을 쓸 것인가'가 자연스레 보이게 된다.

세계관은 산과 같다. 산 정상에 서면 360도 파노라마로 풍경을 볼 수 있다. 세계관이 클수록 더 먼 곳의 풍경을 볼 수 있다. 세계관이 크면 쓸 수 있는 이야기도 커진다. 결국 자신만의 확고한 세계관으로 세상을 관찰할 수 있는지 여부가 '글을 쓸 수 있는 사람'과 '쓸 수 없는 사람'의 차이다. 기술이나 재능의 차이가 아닌 것이다.

자, 이제 할 일은 그저 쓰는 것이다.

"뭐라고요? '쓰기 위해' 쓰라니, 지금 장난치는 겁니까?"라며 조건반사적으로 화부터 내지 말길 바란다.

사실 여기까지 따라온 독자 여러분은 이미 쓸 준비가 되어 있다. 어쩌면 실제로 쓰고 있거나 머릿속으로 글쓰기를 시뮬레이션하고 있을 것이다. '나라면 이런 말로 쓸 텐데'라고 생각하면서.

내가 지금 이렇게 그럭저럭 글을 쓸 수 있는 것은 30살 무렵부터 꾸준히 써 왔기 때문이다. 내겐 특별한 재능도 기술도 없다. 자신의 말을 가지고 인생과 얼마만큼 마주해 왔는가, 이것이 글을 쓸 수 있는 사람과 쓸 수 없는 사람을 가른다.

특별한 것을 하기 위해 일상을 소중히 여긴다

아무 준비 없이 글을 쓸 수 있는 사람은 초인이고 천재다. 이 책에서는 천재가 아니더라도 글을 쓸 수 있는 방법을 소개하고

자 한다. 이 방법은 꾸준한 노력이 기본이기 때문에 기술이나 재능에 좌우되지 않는다. 시간은 다소 걸리지만 누구나 확실하고 착실하게 성장을 실감하면서 쓸 수 있게 된다. 지금 내가 이렇게 책을 집필하고 있듯이 말이다.

미시마 유키오의 풍부하고 시적인 문체, 그의 압도적인 문장은 많은 이들에게 영원한 동경의 대상이다. 동경은 동기가 될 수 있다. "나는 절대로 미시마 유키오가 될 수 없어"라고 절망하지 말고, "미시마 유키오처럼 글을 쓸 수 있으면 좋겠다"라는 희망을 품고 조금씩 다가가보는 것이다. 이때 필요한 것은 재능이나 기술이 아니다. 자신의 인생과 성실하게 마주하는 것이다. 기술의 측면에서는 우열을 가릴 수 있지만, 쌓아 올린 인생은 우열을 가릴 수 없다. 인생이 풍요로워지면 누구라도 글을 쓸 수 있고, 글을 씀으로써 다시 인생의 풍요를 깨닫게 된다.

글쓰기, 문장 기술, 작문법에 관한 기사들을 찾아 읽어보았다. 문장력 향상, 독자를 매료할 수 있는 소재 찾기, 독자적인 문체 만들기, 글에 담을 메시지, 취재와 조사의 중요성 등이 내용이었다. 이것은 모두 좋은 평가를 받을 수 있는 글을 위한 준비이지 글감을 찾는 방법은 아니다. 차에 비유하자면 글감은 연료이고 쓰고 싶다는 마음은 엔진이다. 차체에 아무리 좋은 부품을 써봤자 가장 중요한 연료와 엔진이 없으면 차는 움직이지 못한다.

'어떻게 쓰는 것이 좋은가?'와 같은 '쓰는 법'에 초점을 맞춰 글쓰기 준비를 하는 것은 타인의 눈을 의식하는 마음이 있기 때문이다. 타인의 눈을 너무 신경 쓰다 보면 글을 쓰기도 전에 "이런 걸 써도 괜찮을까?", "너무 형편없는 것 아닌가?" 같은 자기 검열에 빠지기 쉽다. 그런 상태에 빠지면 뛰어난 문장술도 용의주도한 취재도 쓸모가 없어진다. '어떻게' 쓸 것인지보다 '무엇'을 쓸 것인지 글감을 찾는 일에 집중하자.

세상과 자기 자신을 세심하게 관찰하고 자신의 말로 구현하는 일을 계속하다 보면 자기만의 글을 쓸 수 있게 된다. 그 과정에서 세계관이 구축되고, 다시 그 세계관이 여러분의 글쓰기를 도와줄 것이다. 어려울 것 없다. 메모지 한 장에 쓰고 버리기부터 시작하자.

살아 있는 전설이라 불리는 야구 선수 스즈키 이치로는 이런 말을 했다.

"특별한 일을 하기 위해 특별한 일을 하는 것이 아니다. 특별한 일을 하기 위해 평소와 같은 일을 한다."

정말로 그의 말이 옳다고 생각한다. '평소 당연히 하는 일'이 쌓여 미·일 리그 통산 4,367안타라는 놀라운 기록을 만들었다. 평상시를 소중히 여기는 것은 마음먹기에 따라 누구나 할 수 있는 일이다.

변명하며 도망치지 마라

쓸 수 없다는 건 쓰려고 하지 않는 것일 뿐

글은 누구나 쓸 수 있다. 예컨대 어니스트 헤밍웨이를 꿈꾸며 간결한 문장을 써본다.

"공중화장실에 들어갔다. 나는 화장실 문을 열었다. 거기에는 흰 변기가 있었다."

이 정도는 누구나 쓸 수 있다. 좀 더 세련되게 쓴다면 헤밍웨이가 될 수 있다(고 생각한다). 그 '약간의 마법'을 걸 수 있느냐 없느냐가 평범한 사람과 헤밍웨이의 차이다. 그러니까 헤밍웨이가 될 수는 없어도 글은 쓸 수 있다.

'나는 글을 쓸 수 없는 사람'이라는 마음을 품고 있다면 그건 '쓰고 있지 않은 현재 상태'에 대한 변명일 뿐이다. 재능을 핑계 삼아 자기 자신에게 변명을 하는 것이다. 쓸 수 없다고 말하지 말자. 글쓰기에도 인생에도 변명은 하지 말자.

자신의 의견이나 생각을 자신의 말로 구현한다

글을 쓸 수 없다고 말하는 사람도 업무 보고서나 거래처에

보내는 이메일은 곧잘 쓴다. 어떻게 비즈니스 문서는 쓸 수 있는 걸까? 비즈니스 문서에는 규칙이 있다. 즉 무엇을 쓰면 되는지가 명확하고 형식도 어느 정도 정해져 있기 때문에 누구나 쓸 수 있다고 한다.

그러면 주제(무엇을 쓸 것인가)와 형식(예시 글)만 주어진다면 누구나 비즈니스 문서가 아닌 다른 글도 잘 쓸 수 있을까? 그렇진 않다. 글은 자신의 의견이나 생각을 자신의 말로 구현하는 것이기 때문이다.

자신의 말로 구현해야 한다니까 어려워 보일지 모른다. 겁먹지 않아도 된다. 여기까지 잘 따라온 여러분이라면 이미 준비는 다 된 셈이다. 평소 자기 눈에 보이는 여러 일들에 흥미를 느끼고 의견과 생각을 말로 표현하는 의식이 싹트고 있을 것이다. 아마 이 책을 읽으면서도 본문이나 예시를 의식적으로 자신의 말로 바꾸어보고 있을 것이다.

지금 준비되어 있는 것
① '쓰고 버리기'를 하고 있다(생각을 말로 변환하는 일을 실천하고 있다).
② '자신의 말'로 변환하기를 항상 의식한다.

글쓰기를 위한 토양은 이렇게 벌써 마련되어 있다. 이제 글을 쓸 수 있는 사람과 그렇지 않은 사람의 차이는 실천하느냐

마느냐의 차이밖에 없다. 글을 씀으로써 삶을 더 풍요롭게 만들 수 있다면 선택하지 않을 이유는 없다.

마음의 바지를 벗을 각오를 한다

글을 쓰지 못하는 이유를 끝까지 파보면 결국 남의 눈을 지나치게 신경 쓰기 때문인 경우가 많다. 읽는 이의 마음을 설레게 하는 글, 찬사받는 글…… 누구나 써보고 싶을 것이다. 나도 써보고 싶다.

인터넷에서 글을 발표하다 보면 혹평을 받을 때도 있다. "이 글을 쓴 사람은 문장력이 없네"라는 댓글을 받더라도 '뭐, 그렇게 생각하든가' 하고 태연하게 받아넘기고 내 글을 받아들이지 않는 사람에게까지 영향을 끼쳤다고 생각하고 지나간다. (글쓰기만이 아니라 인생의 온갖 국면에서 무례한 말을 들을 때면 '내 세계가 엄청나게 넓어지는 바람에 만나지 않아도 될 사람과 부딪치고 말았다'는 식으로 긍정적으로 받아들이고 가볍게 흘려보내는 게 중요하다.)

왜냐하면 글은 과거에 지나지 않기 때문이다. 과거에 얽매이지 말고 앞으로 나아가자. "내 글이 마음에 들지 않았다면 미안하다"고 말하고 다음 단계로 나아가는 자신을 기대하자.

다른 사람의 마음은 내가 어떻게 할 수 없다. 내 힘으로 어찌할 수 없는 일에 신경을 쓰는 건 그만두는 게 좋다. 서로 이해할 수 없음을 받아들이고 최선을 다하면 된다. 이것은 쓰기의 문제만이 아니라 인생 전반에 적용할 수 있는 이야기이다.

상업적인 글이든 일기 같은 개인적인 글이든 글쓰기는 자기 자신과 벌이는 일대일 승부다. 다른 사람과 상관없는, 나 홀로 치르는 전쟁인 것이다.

지금 우리는 자기 자신과 얼마나 제대로 대면하고 있을까? 끊임없이 SNS를 들여다보며 화면 너머에 있는 얼굴도 모르는 누군가를 의식하면서 시간을 낭비하고 있지는 않은가? 글쓰기를 하면 자신과 마주할 수밖에 없다. 하루 한 시간까지도 필요 없다. SNS를 들여다보는 데 쓰는 몇 시간 중 단 몇 분만 들이면 충분하다.

글쓰기는 나 홀로 있는 방에서 바지를 벗는 것 같은 일이다. 창피함이나 소문이나 자존심이 의미가 없어지는 장소에서 자신을 드러내는 행위인 것이다. 타인의 눈 따위는 없다. 나의 글은 오롯이 나만의 것이다.

나는 월급쟁이로 일하면서 한편으로 여러 매체에 글을 기고하고 있다. 가끔 내가 쓴 글로 칭찬을 받기도 한다. 솔직히 말해서 칭찬받으면 기쁘다. 하지만 가장 중요하게 여기는 것은 '현재 시점에서 최선을 다하고 있는가, 아닌가'이다. 그것만이 나의 평가 기준이다. 아직 내 글에 100점을 준 적은 없다. '더 잘 쓸 수 있었는데, 아쉽고 분하다.' 이런 마음이 계속 글을 쓸 수 있는 원동력이 되었고 지금도 그렇다. 분함이나 좌절감의 크기가 가능성의 크기라고 생각한다.

당신의 문장력은 부족하지 않다

'문장력이 없어서 무리'라는 거짓말

사람들이 말하는 '내가 글을 쓸 수 없는 이유'에는 여러 가지가 있는데 지금부터 하나씩 확인하고 잘라버리겠다.

먼저 "내 생각을 나의 말로 마음대로 써보고 싶은 마음이야 있지만 문장력이 없어서 무리입니다"라며 '문장력 부족'을 이유로 드는 경우가 있다. 문장력이란 무엇일까? 놀라운 상상력이나 아름다운 문장으로 독자의 마음을 사로잡는 글재주? 아니면 적확한 단어를 쓰고 문법에 맞는 문장을 쓰는 능력? 솔직히 말해서 잘 모르겠다. 잘 모르는 것 때문에 고민하지 말자. '의무 교육을 마친 나는 최소한의 문장력을 갖추고 있다'고 믿으면 된다. 그 정도 문장력이면 충분하다.

글을 쓰고 싶다는 마음이 들면 몸을 맡기고 자유롭게 쓰면 된다. 어릴 적에는 내키는 대로 쓰고 싶은 것을 썼다. 슈퍼 히어로 이야기를 쓰기도 하고 친구들과 모험을 떠나는 이야기를 쓰기도 했다. 그런데 언제부터인가 우리는 이런저런 이유를 대면서 글을 쓸 수 없게 돼버렸다. 어렸을 때처럼 자유롭게, 쓰고 싶다는 기분에 따라야 한다.

'뭘 써야 할지 모르겠다'는 문제를 해결한다

뭘 써야 할지 모르겠다는 생각이 솟구친다면 쓰지 말 것을 권한다. 이미 쓰고 싶은 마음이 사라진 상태이기 때문이다. 쓰지 않을 자유도 있다.

이런저런 이유를 들고 있다면 그다지 쓰고 싶지 않다는 뜻이다. 이런 상태로 시작해봤자 끝까지 쓸 수 없을 것이다. 언젠가 '써야만 할 때'가 온다. 그때까지 기다려보자.

'쓰고 싶은 마음'이 흔들리면 쓰기를 그만둔다. 거리를 두어 본다. 그리고 그 상태가 어떤지 쓰고 버리면서 말로 구체화하고 정리해보자. 왜 쓰고 싶은 마음이 사그라들었는지 분석해보는 것이다.

어찌 보면 글쓰기는 사람을 사귀는 일과도 같다. 어떤 사람에게 왠지 모르게 꺼림칙한 기분이 들어 거리를 두는 경우가 있는데 그렇게 거리를 둠으로써 오히려 잘 보게 되는 것이 있다. 거리가 너무 가까우면 전체를 보지 못할 수 있다.

아예 관계를 끊으라는 말이 아니다. 지금은 때가 아니라고 보류하는 것이다. 인연이라면 사귈 수 있는 때가 올 것이다. 내키지 않는데 억지로 가까이하는 것보다 대상과 적절한 거리를 두는 게 나중에 더 이득이 될 수 있다.

쓰는 게 막혔을 때는 쓰기를 그만두고 때를 기다리자. 거리를 둘 용기를 내자.

대부분의 사람들은 글 쓰는 법을 배우지 않는다

글 쓰는 법을 체계적으로 배우고 익히는 사람은 압도적으로 적다. 고등학교까지 학교에서 시와 소설, 논설문과 설명문 같은 다양한 종류의 글에 대해 배우지만 '나의 생각이나 감정을 나의 말로 자유롭게 표현하는 법'을 배우진 않는다. 그런 점에서 우리는 대부분 출발 지점이 같다. 평등하다.

그런데 이처럼 출발 지점이 같은데도 '쓸 수 있는 사람'과 '쓸 수 없는 사람'으로 나뉘는 건 무엇 때문일까?

앞서 말했듯이 이것은 재능이나 기술의 문제가 아니다. 글쓰기를 선택하느냐 하지 않느냐(실천)의 문제이고, 세상을 향해 뻗은 안테나가 만들어내는 차이 때문이기도 하다.

일상에서 마주치는 모든 것에 안테나를 뻗어 흥미가 생긴 것을 나의 말로 구현한다. 이 일을 계속하다 보면 세계관이 뚜렷하게 구축된다. 그리고 자연스럽게 내 안에 '쓸 것'이 쌓인다. 처음에는 감도가 낮은 안테나일지라도 쓰다 보면 감도가 올라간다.

어떤 일을 자신의 말로 바꾸어 표현해본다. 다음에 비슷한 일을 겪고 다시 자신의 말로 구현하게 되면 그때는 이미 지난 번에 표현한 것이 입력되어 있기 때문에 더 깊이 있는 표현이 가능해진다. 즉 횟수를 거듭할수록 볼 수 있는 것, 받아들이는 것이 달라진다. 더 넓게 보고 더 깊이 분석하고 더 잘 이해하게 된다.

안테나를 뻗는다는 건 일상을 소중히 여기는 행동이다. 지루한 수업이나 의미 없이 반복되는 듯한 업무라 해도 100퍼센트 똑같은 반복은 없다. 매일매일의 삶에서 작은 차이를 발견하고 거기서 의미를 찾아내 가치를 느낄 수 있는가? 이것이 인생을 충실하게 만드는 방법이고 글을 쓸 수 있는 방법이기도 하다.

20년 넘게 직장 생활을 하면서 본 성공하는 사람, 결과를 내는 사람은 별난 인생을 산 사람이 아니라 지극히 평범한 일상에서 특별한 것을 감지해내는 사람들이었다. 실로 '티끌 모아 태산'인 것이다.

글쓰기도 마찬가지다. 나날의 삶 속에서 안테나를 뻗어 글감을 찾고 그것을 자신의 말로 구현해보자. 하루에 한 번 한 장 쓰고 버리기만 해도 된다. 이것을 반복하다 보면 안테나의 감도가 올라가 보이는 게 달라질 것이다.

'잘' 쓰려고 하지 말고 '다' 써라

성공한 사람의 아류 복제품이 돼서는 안 된다

요즘 들어 '문장 기술' 안내서가 큰 인기를 얻고 있다. 다음과 같은 요인들 때문이라고 생각한다.

① '글을 쓰고 싶다', '나를 표현하고 싶다'는 소망

② '글을 쓸 수 없다', '쓰는 법을 모르겠다'는 고민

③ '시간이 한정되어 있으므로 효과적인 방법론의 도움을 받고 싶다'는 효율성 측면

④ '전문가가 실천하는 방법이라면 옳겠지'라는 기대감과 성과주의 측면

⑤ '아무것도 없는 상태에서 도전하기보다 앞선 이들의 깨달음에 기대는 것이 편하다'는 편리 추구

①에 대해서는, 글을 쓰고 싶다는 그 마음을 계속 특별히 여기길 바란다. ② 이하는 모두 사전에 어려움을 예상하고 그것을 덜고 싶다는 마음이 드러난 것이다. 귀찮은 일을 시작하기 전의 불안과 혼란이 뒤섞인, 뭐라 형언할 수 없는 기분과 비슷하다. 하지만 그런 일도 실제로 착수하면 예상보다 쉽게 해내는 경우가 더 많다.

우리는 불안이나 두려움 때문에 눈앞에 있는 일을 크게 보곤 한다. 과대평가하는 것이다. 한 걸음 한 걸음 올라가다 보면 대단할 게 없다.

우선은 쓰고 싶은 마음에 중점을 두고 쓴다. 내 안에서 들려오는 잡음을 차단하고 끝까지 써보는 것이다. 힘에 부친다. 망설임도 있다. 그래도 계속 써서 끝을 내보자. '다 썼다'는 성취감과 거기서 비롯하는 자신감, '잘 쓰지 못했다'는 아쉬운 마음은 끝까지 쓴 뒤에야 비로소 얻을 수 있다.

아무리 서툰 글이더라도 쓰지 못한 글보다는 몇만 배 낫다. 끝까지 다 써보는 경험만이 쓸 수 있는 인간을 만든다.

예전에 나는 비디오 가게에서 빌려 보는 C급 좀비 영화를 좋아했다. 극장 개봉 없이 비디오로 출시된 작품들이었는데 즐겁게 웃으면서 잘 보다가도 '도대체 왜 이런 시시한 영화를 끝까지 다 찍은 거지?' 하는 궁금증이 일곤 했다. 지금은 좀 다르게 생각하게 되었다. 아무리 훌륭한 기획이라 해도 완성되지 못한 환상의 영화보다 킬링타임용 비디오 영화로 출시되더라도 완성된 영화가 더 가치 있다. 다 만든 것만이 역사에 남는다. 그 작품이 내가 사랑한 좀비 영화들처럼 보잘것없더라도 말이다.

기술에 매달리는 이유는 현대인들에게 여유가 없기 때문이다. 일이 곧바로 성공이나 성과로 이어지지 않으면 실패로 여겨지고 빠른 길을 두고 돌아가겠다고 하면 요령 없는 인간 취급을 당하기 일쑤다. 그 때문인지 성공한 사람의 인생을 복제하는 듯한 삶의 방식이 유행하고 있다.

앞서간 사람이 만든 지름길을 따라가면 편하다. 하지만 그런 삶을 두고 자기 인생을 살고 있다고 할 수 있을까? 그렇지 않다. 앞서간 사람이 만든 길을 따라가기만 해서는 성공한 사람의 복제 인간이 될 뿐이다. 나는 누군가의 인생을 반복하려고 존재하는 게 아니다. 게다가 이미 나 있는 길이 나에게도 지름길일지 아닐지는 알 수 없다.

일상생활이나 일을 할 때 가끔이라도 인터넷에서 빠른 해결책을 찾지 말고 자신이 직접 길을 찾아보자. 그것만으로도 독창적인 삶이 된다. 자신이 개척한 길이야말로 자신에게 가장 빠른 길이다. 힘들게 시행착오를 거듭한 끝에 찾아낸 길이야말로 진정한 지름길이다.

일도 연구도 운동도 스스로 해보지 않는 한 자신의 것이 되지 않는다. 실패의 경험이나 샛길로 가보는 것을 무조건 쓸모없다고 여기지 않길 바란다. 쓸모없는 것을 자신의 힘으로 바꾸겠다는 의지와 열정이 있으면, 쓸모없는 것도 더는 쓸모없는 것이 아니게 된다. 글을 쓸 수 있는 사람은 길을 개척하는 기쁨과 고통, 그리고 거기서 얻을 수 있는 것을 아는 사람이다.

글을 쓸 수 없을 때는 마치 출근길 정체가 시작된 도로 위에서 차를 탄 채 움직일 수 없을 때와 같은 기분이 든다. 무작정 기다리기란 괴로운 일이다. 이때 다른 길을 찾고자 고투하는 사람은 새로운 길을 찾을 수 있다. 그런 경험이 자신을 좀 더 유연하고 단단한 사람으로 연마해준다.

글쓰기든 다른 일이든 고민에 빠진 사람에게 "이렇게 하면 쉽게 해결할 수 있어"라면서 대뜸 자신이 아는 방법을 가르쳐주는 사람은 생각이 짧은 사람이라고 나는 생각한다. 샛길을 찾는 노력이나 실패의 경험이 힘이 된다는 것을 간과하고 있기 때문이다.

작품은 평가받을 수 있지만 글쓰기라는 행위는 우열을 가릴 수 없다

글쓰기라는 행위 자체는 우열을 따질 수 없다. 쓰기는 지극히 개인적인 행위이고, 누구와도 공유할 수 없는 가치가 있다. 물론 타인에게 공개된 글은 잘 쓴 문장, 못 쓴 문장으로 평가받을 수 있다. 참신한 발상인지 아닌지도 평가의 대상이 된다. '재미있다, 재미없다' '공감할 수 있다, 공감할 수 없다' 같은 감상을 피할 수 없다. 하지만 무언가를 쓰는 행위 자체에서 의미를 발견할 수 있다면 이런 평가에는 신경을 쓰지 않게 된다. 자기 자신에게 최고의 글을 쓰는 일에 집중한다면 다른 사람의 말은 들리지 않게 된다.

글쓰기만이 아니라 어떤 분야에서든 지금 이 순간 최선을 다하고 끝까지 해낸다면 그것으로 충분하다. 결과와 평가가 어떻든 납득하고 앞으로 나아갈 수 있다. 끝까지 자기 힘으로 해내면 타인이 무슨 말을 하건 "저의 최고 걸작은 다음 작품일 테니 부디 기다려주십시오"라며 미소 지을 정도로 여유롭게 넘길 수 있다. 동요하지 않게 된다.

자신이 썼든 남이 썼든 글이라는 것은 다양한 음식을 소화한 결과로 세상에 내놓는 똥 같은 것이다. 그러니까 전문 작가는 뭘 먹어도 잘 소화해서 지속적으로 팔리는 물건이 될 똥을 쌀 수 있는 사람인 것이다. 솔직히 말해 글쓰기에서 전문가와 아마추어의 차이는 이 정도뿐이라고 생각한다.

다시 말하지만 결과물을 두고 평가를 할 수 있을지언정 글쓰기라는 행위는 우열을 따질 수 없다. 전문 작가의 글쓰기는 중요한 행위이고 작가 아닌 보통 사람의 글쓰기는 시시한 일인가? 전혀 그렇지 않다. 우리 인생도 마찬가지다. 학교 성적이나 사회적 성공 여부로 다른 사람과 비교당하고 평가당하는 일을 피할 수는 없지만 각자의 인생에 우열은 없다. 모두 최고의 인생이다. 자신의 인생에 평가를 내리는 것은 자기 자신이다. 자기 나름대로 최선의 길을 걸어가면 된다.

세간의 문장 기술에 휘둘려서는 안 된다

인터넷이 보급되고 전문가의 글부터 아마추어의 글까지 온

갖 글을 볼 수 있는 환경이 됐다. 글에 대한 평가도 쉽게 접할 수 있게 되었다. 평가에 지나치게 신경을 쓰다 보면 반드시 좋은 글을 써야 한다고 생각하게 되기 쉽다. 그런 압박이 글을 쓰고 싶다는 욕구를 짓누르고 '기술 중시 인간'을 탄생시키고 만다. 가장 안타까운 경우는 부족한 기술을 보완하려다 창의력에 족쇄를 채우게 되는 것이다.

어린아이가 그린 그림은 자유롭고 창의적인 경우가 많다. 어른들은 "이런 색을 쓸 수 있다니!" 하고 감탄한다. 아이에게 타고난 재능이 있는 것 같다는 말을 들은 부모는 당장 아이를 미술 학원에 보낸다. 얼마 지나서 다시 만났을 때 아이의 그림은 꽤 달라져 있다. 그림의 구도나 색 사용이 이전보다 세련되게 변한 것이다. "그림을 꽤 잘 그리네!" 하고 칭찬하지만, 잘 그린 그림이기는 해도 놀라운 그림은 아니다. 그리고 몇 년 뒤, 한때 신동이라고 칭찬받던 아이는 학원에서 배우는 모든 것에 싫증이 나서 그림을 그만두고 만다. 나의 어린 시절 이야기다. 상대가 잘되길 바라서라고 해도 기술을 가르쳐주는 것은 신중했으면 한다.

기술을 빨리, 잘 습득하려면 해당 분야에서 성공한 사람이나 경력자, 강사의 조언과 지시를 따르는 게 좋다고들 한다. "조언과 지시를 듣고 자신에게 맞는 것을 취사선택하면 된다"고 쉽게 말하는데 실제로 이것은 상당히 어려운 일이다. 재능 있는 어린 타자가 코치 여러 명에게 조언을 듣고 취사선택한 결과, 자신에게 가장 잘 맞는 타격 자세를 잃고 대성하지 못했다는 이야기를 종종 듣게 된다. 잘되라고 한 조언 중에도 본인에게 맞지 않는 게 있고 딱 맞는다고 생각한 조언에도 실제로는 그렇지 않은 게 있기 때문이다.

글쓰기는 지극히 개인적인 행위여서 누구에게나 효과 있는 만병통치약 같은 처방이 존재하지 않는다. 많은 사람이 효과를 인정하는 방법이라도 어떤 사람에게는 맞지 않을 수 있고, 가장 나쁘게는 역효과를 내기도 한다.

지금 자신이 지닌 강점을 훼손하지 않도록 신중하게 글쓰기의 기술을 익히자. 그러려면 자신의 현재 상태를 정확히 알고, 새로 익히려는 기술이 자신이 나아가려는 방향과 맞는지 아닌지의 관점에서 선택해야 한다. 그리고 한번 고른 것이라도 '이건 내게 맞지 않는다'는 걸 알아챘다면 바로 잘라내버리자. 기술에 휘둘리지 않는 것이 중요하다. 문장만이 아니라 인생도 마찬가지다.

초심을 확인하는 세 가지 기준

섹스 피스톨즈는 1970년대 영국에서 결성된 전설적인 펑크록 밴드다. 그들의 앨범 〈네버 마인드 더 발럭스(Never Mind the Bollocks)〉(1977)를 중학생 시절에 처음 들었을 때 받은 충격은 지금도 잊을 수 없다. 거친 연주, 단조로운 코드 진행, 비웃는 것 같으면서도 고함을 지르는 듯한 가창…… 서툴더라도 하고 싶은 말은 하자는 그들의 음악은 TV 음악 프로그램에서 흘러나오는 듣기 좋은 사운드에 익숙해 있던 내게 말 그대로 충격이었다.

1978년에 공식 해체했던 섹스 피스톨즈가 1996년 재결성해서 월드 투어를 시작했을 때(섹스 피스톨즈와 재결성만큼 안 어울리는 말도 없었지만), 나는 어른이 된 펑크족이 이제 어떤 소리를 들려줄지 궁금했다. 그들의 연주 실력은 더 좋아진 것 같았지만 과거에 내가 느꼈던 것과 같은 충격은 없었다. 그들이 달라진 걸까, 아니면 내가 달라졌기 때문일까. 섹스 피스톨즈라는 밴드를 내게 각인시켰던 강렬한 첫인상은 어디서도 찾을 수 없었다.

우리는 왜 초심을 잃어버릴까? 어떤 일이든 계속하다 보면 관성적으로 하는 부분이 늘어난다. 신입 시절의 마음가짐은 1년쯤 지나면 잊게 된다. (물론 언제까지고 맨바닥에서 시작하는 신입처럼 일을 해선 안 된다. 30살이 넘은 중견 사원이 신입처럼 일머리가 없으면 팀에 큰 손해다. 내가 말하고 싶은 것은 마음가짐이다.)

자기 분야에서 성공한 사람들의 인터뷰를 보면 많은 이들이 "어릴 적 꿈을 잊지 않고 목표를 이루기 위해 노력했을 뿐입니다"라고 초심을 입에 담곤 한다. 왜 어떤 사람은 첫 마음을 내내 잊지 않고 어떤 사람은 금세 잊어버리는 걸까?

크게 성공하는 사람은 첫 마음이나 어렸을 적에 꾸었던 꿈을 고해상도로 재생할 수 있는 사람이다. 그리고 그들은 머릿속에서 고해상도로 재생된 것을 자신의 말로 이야기로 만들어서 전달할 수 있다.

첫 마음을 되살리고 싶다면 가끔 다음과 같은 것을 써보자.

① 이 일을 시작한 계기(왜, 언제, 어떻게)
② 처음으로 잘 해냈을 때의 기억
③ 처음에 세웠던 목표

이 세 가지를 쓰고 버려보자. 글로 써서 확인하는 과정에서 의식에 입력된다. 이처럼 매일 반복되는 삶 속에서 잊기 쉬운 처음을 이렇게 되돌아봄으로써 좌절할 때나 힘든 일이 닥쳤을 때 상황을 타개할 힘을 얻을 수 있다.

우리는 살아 있다. 살아간다는 것은 곧 변화를 겪는다는 뜻이다. 시간이 지나 과거의 초심이 더는 와닿지 않을 수도 있다. 그럴 때는 지나간 것에 집착하지 말고 유연한 자세로 새로운 마음을 먹고 앞으로 나아가자.

재결성한 섹스 피스톨즈의 음악에서 신선한 충격을 받지는 않았지만, 변화를 두려워하지 않고 나아가는 그들의 모습도 충분히 근사했다.

'쓸 수 없다' 증후군과 맞서 싸운다

읽고 싶은 것은 쓰지 않는 게 좋다

나는 "읽고 싶은 것을 써보세요"라고 권하지 않는다. 읽고 싶은 것을 의식하면 오히려 쓰는 데 방해가 될 수 있기 때문이다.

"읽고 싶은 것을 쓰자"라는 말을 들으면 아직 세상에 나오지 않은 미래의 걸작이 아니라 구체적인 작품을 떠올리기 쉽다. 나라면 나보코프의 《롤리타》나 헤밍웨이의 단편 소설을 떠올릴 것이다. 모두 훌륭한 작품이다. 그런 작품을 쓰고 싶다고 동경하는 것은 좋은 일이다. 하지만 아무리 위대한 작품이라도 그것은 과거의 것이다. '읽고 싶은 것'을 의식해 과거에 얽매일 필요는 없다. 가능한 한 읽고 싶은 것에서 자유로워져서 자신이 정말로 쓰고 싶은 것을 마주할 수 있어야 한다.

'미시마 유키오처럼 쓰고 싶다'는 마음이 강할수록 글쓰기에 걸림돌이 된다. '나라면 이렇게 쓰겠지만 미시마 유키오는 이런 거 안 쓰겠지'라는 생각에 사로잡히면 쓰는 것 자체가 어려워질 수 있다.

'(내가) 읽고 싶은 것'이 곧 '(내가) 훌륭하다고 평가한 글'인 경우에, 그것은 일부러 떠올리지 않더라도 이미 나의 피와 살이 되어 있을 것이다. 나는 언제나 그 영향 아래에 있다. 그러니까 오히려 멀리하고 잊어버릴 정도로 거리를 두는 편이 좋다.

자신이 동경하고 본받고 싶은 작품이 있다면 그것에 대한 감상과 평가를 쓰고 버림으로써 자기 안에 넣어 둘 수 있다. 다음과 같이 정리해보자.

① 작품에 대한 전반적인 평가, 감상
② 마음에 든 장면이나 구절
③ 자신이 활용할 수 있는 요소

글쓰기만이 아니라 일상에서도 우리는 동경하는 대상에게 영향을 받으며 살아간다. 그러므로 일부러 의식할 필요는 없다. 지나치게 의식하면 동경하는 대상을 흉내 내게 되어버린다. 나의 인생은 오롯이 나의 것이어야 한다. 전례가 없는 새로운 작품으로서 자신의 인생을 써 나가야 한다.

다시 말하지만, 글을 쓸 때는 읽고 싶은 것을 의식하지 않는 게 좋다. 읽고 싶은 것, 동경하는 글은 북극성처럼 저 멀리서 우리를 이끌어주면 된다. 우리는 읽고 싶은 것에서 자유로워져서 쓰고 싶은 것을 써야 하고, 그렇게 살아야 한다.

'쓰고 버리기'를 통한 자기 긍정으로 잡념을 줄인다

쓰기는 생각하기와 다른 차원의 행위다. 형체가 없는 것을 말이라는 틀로 구체화해서 자신의 것으로 만들어 나가는 행위다. 생각을 말로 변환하는 과정에서 대상과 나의 위치 관계가 명확해진다. 세계를 파악하게 된다. 세계관이 구축된다.

그런데 종종 감정, 타인의 시선 의식, 자신감 부족 등이 잡념으로 바뀌어 이 변환 작업을 방해한다. 쓸 것, 쓰고 싶은 것이 있고 그런 잡념만 없다면 글을 쓸 수 있다. 달리 말해 잡념의 원인을 해결하면 그만큼 글쓰기가 쉬워진다는 것이다.

"나무아미타불, 잡념이여 사라져라!" 하고 악령을 퇴치하듯이 괴성을 질러봤자 잡념은 사라지지 않는다. 내 경험상 쓰기를 방해하는 잡념을 물리치는 데는 '쓰고 버리기'를 거듭하는 것이 가장 효과적이다.

일상적으로 신경 쓰이는 문제나 끓어오르는 감정을 그대로 두지 말고 자신의 말로 구체화해보면 자신이 어떤 사람인지, 혹은 지금 자신이 어떤 상황에 놓여 있는지 알 수 있다. 그렇게 해서 있는 그대로의 자신을 포착할 수 있다면 열등감 때문에 또는 남의 시선을 지나치게 의식한 탓에 부리던 허세를 줄이고 '나도 꽤 괜찮네'라는 자신감을 얻게 된다. '지금의 나, 일단 괜찮아' 하고 가볍게 자기 긍정을 하는 것이 잡념을 줄여준다.

쓰고 버림으로써 감정의 정체를 파악한다

쓰기는 단순히 문장을 만드는 행위만을 뜻하지 않는다. 삶을 변화시키는 행위다. 집, 학교, 직장에서 겪는 일과 감정을 나의 말에 담아냄으로써 더 확실하게 나의 것으로 만들 수 있다.

상사가 말도 안 되는 요구를 할 때, 그것을 글로 써서 자신의 말로 표현하고 그 안에 담긴 정보를 분석해 어떻게 대응할지 선택한다면 고민을 덜 수 있다.

감정이 앞선 나머지 놓치고 있던 것들을 글쓰기를 통해 발견하고 상대의 부당한 요구를 조리 있게 처리할 수 있게 된다면 고민이 줄어들 것이다. 마찬가지로 기쁨을 느낀 일도 글로 씀으로써 그냥 흘려보내지 않고 자신에게 보탬이 되는 경험으로 만들 수 있다.

'쓰고 버리기' 사례 (분해하는 이미지)

· 행복했던 일을 쓰고 버린다. 행복을 어떻게 느꼈는가? 그 행복은 어디에서 왔는가?

· 불합리했던 일을 쓰고 버린다. 왜 화가 났는가? 지나친 반응은 아닌가?

→ 일어난 일을 그대로 흘려보내지 않고 자신의 말로 변환해서 경험으로 바꾼다.

글로 써서 어떤 감정이나 고민의 정체를 파악하게 되면 같은 상황이 닥쳤을 때 어떻게 대응해야 할지 알 수 있다. 싸울 수 있게 된다. 글쓰기의 대상이 기쁨이라면 글을 씀으로써 그 기쁨을 최대화할 수 있다.

무엇이든 정체만 알면 두려워할 게 없다. 지금 당장은 맞설 무기가 없더라도 필요한 무기를 만들거나 찾으러 가는 길을 알게 된다. 하지만 상대를 알지 못하면 어떤 무기를 들어야 하는지조차 알 수 없다. 모른다는 것. 그것이 바로 불안의 근원이다.

좀처럼 형편이 나아질 기미가 보이지 않는 월급쟁이 생활. 일반 사원에서 승진해 관리직이 되어도 여가를 위한 시간 따위는 낼 수 없다. 진행 중인 프로젝트는 언제 실적을 낼지 알 수 없고, 세상살이는 내 맘대로 안 되는 일이 너무나 많다. 하지만 그러는 와중에도 자신이 겪은 일에서 무엇을 얻을지, 그렇게 얻은 것을 얼마나 활용할 수 있을지가 우리의 인생을 좌우한다. "이번 생은 글렀어"라며 맥주나 마시고 있으면 오늘과 똑같은 내일이 반복될 뿐이다. 내일은 오늘보다 1밀리미터라도 전진하는 날로 만들어보자. 그 발판은 지금 여기 우리의 일상을 재료 삼아 만들 수 있다.

지금 바로 '쓰고 버리기'를 실천해보자. 다음에 제시하는 키워드에 따라 일어난 일을 쓰고 버려보자.

- 나에게 무슨 일이 일어났는가?
- 일어난 일에 대한 평가나 감상
- 그 일에서 어떤 영향을 받았나?
- 내가 받은 영향은 일시적인가 영구적인가?
- 그 일을 함께 겪은 사람이 있는가? 그 사람은 어떤 생각을 했을까?

살면서 겪는 평범한 일들을 유의미하게 바꿀 수 있는 사람은 이 세상에서 단 한 명, 자기 자신뿐이다. 말로 표현하는 것이 서툴러도 괜찮다. 내가 직접 글을 써서 얻을 수 있는 것이 남의 글을 읽어서 얻는 것보다 훨씬 더 크다.

깨달음은 자기만의 방식으로 실천한다

글쓰기는 힘이 드는 일이다. 시간도 필요하고 체력도 필요하다. 들인 노력만큼 좋은 평가를 받는 경우도 많지 않다.

인터넷 매체나 블로그에 쓴 글로 인기를 얻어도 일주일만 지나면 기억해주는 사람이 몇 명 남지 않는다. 이 얼마나 허망한 행위란 말인가. 그런데도 나는 글을 쓴다. 어리석은 자가 하나만 알고 그것만 줄기차게 하는 것처럼 계속해서 쓰고 있다. 왜냐하면 쓰는 것 자체가 신나고 즐거우니까! 신나고 즐거운 이유는? 글쓰기는 곧 자유이기 때문이다.

어딘가에 매이는 순간 자유는 줄어든다. 직장에서는 일에 쫓기고 상사의 눈치를 보고 집에서는 가족의 기분을 살핀다. 어디에도 자유는 없다. 그래서 우리는 자유를 동경하고 자유에 끌린다. 글쓰기는 완전히 개인적인 행위이며 무한대로 자유롭다. 이 정도면 '계속 글을 쓰는 이유'로 충분할 것이다.

쓴다는 것은 아무도 가본 적 없는 곳에 길을 만들고, 터널을 뚫어 통과하는 것과 같다. 당연히 피곤하고 힘든 일이다. 하지만 아무도 가본 적 없는 곳이기에 아무도 모르는 보물을 찾을 수 있다.

글쓰기뿐만 아니라 어떤 일에서든지 앞선 사람을 그대로 따라하면 편하다. 따라하기가 필수인 일도 있다. 하지만 배움이나 성장의 관점에서 볼 때 따라하기는 시간을 좀 절약해줄 뿐이지 실제로 얻는 것은 많지 않다. 스스로 시행착오를 거치며 얻은 기술이나 경험은 '바로 실전에 투입할 수 있는 무기'가 되지만, 다른 사람에게 배운 비법은 머릿속의 '지식'으로 끝나기 쉽다. 이런 지식은 실전에서 써보고 자신에게 맞게끔 조정한 뒤에야 비로소 제대로 된 무기가 된다. "비즈니스 세미나에서 배운 것은 도움이 안 된다"고 말하던 동료가 있었다. 배운 것을 현장에 적용해봤는데 잘 안 됐던 모양이다. 당연한 일이다. 배운 것을 써보고 자기 형편에 맞도록 바꾸지 않으면 쓸모가 없기 때문이다.

"무언가 얻고 싶다면 마땅히 고생해야 한다"고 말하지는 않겠다. 될 수 있으면 독자 여러분이 편하게 살기를 바란다. 하지만 글쓰기 정도는 남의 힘을 빌리지 말고 혼자 끝까지 해보면 좋겠다. 스스로 개척해서 써야만 얻을 수 있는 자유와 기쁨이 있기 때문이다.

평범한 삶이라도 '나의 세계'는 그릴 수 있다

나는 글을 쓰는 행위가 자신이라는 한 그루 나무에서 자신의 이야기를 조각해내는 것과 같다고 생각한다. 당연히 내 안에 '쓸 것'이 있어야 쓸 수 있다. 쓸 것이 없다는 생각이 들면 괴롭고 도망치고 싶어진다.

곤란한 상황에 놓이면 원인을 밖에서 찾기 쉽다. 원인이 바깥에 있다고 생각하면 나의 문제가 아니라는 생각이 들어 안심할 수 있기 때문이다. 하지만 쉽게 밖으로 도망치지 말고 나의 문제로 받아들여보자. 글을 쓸 수 없을 때 "제재가 좋지 않아서" "시간이 없어서" "글쓰기를 배운 적이 없어서" 같은 이유를 찾지 말고, 먼저 스스로 '그게 왜 문제점이 됐을까' 검토하자. 이런 태도는 글쓰기에서만 중요한 게 아니다. 설령 문제의 원인이 외부에 있다 하더라도 한 번쯤은 자신에게로 눈을 돌려보는 게 좋다. 그리하여 원인이 자기에게 있는 걸 알게 된다면 해결의 실마리를 찾을 수 있을 것이고 밖에 있다면 대응책을 마련할 수 있을 것이다.

글은 저 먼 곳 세계 끝에서 찾을 수 있는 게 아니다. 자기 안에서 찾아내는 것이다. 어휘나 수사법은 내 안에 있는 글을 찾아내어 형태로 만들 때 필요한 도구, 그러니까 조각을 할 때 더 세밀하게 파내기 위한 조각도라고 할 수 있다. 조각도 다루는 법을 잘 익히면 더 정밀한 작업을 할 수 있고 이전에는 파낼 수 없던 부분까지 찾아낼 수 있게 된다. 하지만 조각도 다루는 실력이 좀 부족해도 조각은 할 수 있다.

우리는 모두 높이와 굵기와 종류가 다양한 나무다. '나'라는 나무는 하루하루의 삶 속에서 자란다. 이 나무를 가꾸는 것이 세계관이다. 나만의 세계관을 갖추고 있다면 별일 없이 흘러가는 평범한 일상에서도 쓸 것을 얼마든지 발견할 수 있다. 그리고 그렇게 찾아낸 것들이 모여 이 나무는 더 굵고 튼튼해진다.

결국 글이란 일상에서 생겨나는 것이며 글쓰기라는 행위는 자신이 어떤 삶을 살고 있는지 측정하는 리트머스 시험지와 같다. 그러니 지금부터라도 나와 함께 다양한 조각을 파낼 수 있는 큰 나무와 같은 삶을 살아보지 않겠는가.

글쓰기는 더 나은 삶을 살고자 하는 마음을 낳고, 그 마음은 다시 충실하게 살고자 하는 태도를 불러오며, 쓴다는 행위를 더 좋은 것으로 만든다. 이렇게 글쓰기가 가져다주는 상승효과에 몸을 맡겨보자.

내가 존경하는 작가 찰스 부코스키는 10여 년간 우체국에서 우편물 분류와 배달 일을 했다. 그의 작품 속에서는 기상천외한 등장인물들이 떠들썩하게 소리치고 타락한 행동을 반복하는 일이 다반사로 일어난다. 사실 우체국은 충격적인 일이 흔히 일어나는 곳은 아니다. 하지만 부코스키의 세계관을 거치면 나태하고 한심한 인물로 가득하고 쓰레기 같은 일이 벌어지는 세상으로 다시 태어난다. 말하자면 관찰 대상이 특별했던 게 아니라 부코스키의 세계관이 독특했기 때문에 그런 독창적인 세계가 만들어진 것이다.

우리도 세계관을 갈고 닦으면 평범한 삶 속에서도 '나의 세계'를 그릴 수 있다. 쓸 것은 매일매일의 삶 속에 있다.

말로 표현할 수 있음이 곧 무기가 된다

남의 개성에 눈뜨는 것을 즐긴다

연예인이나 유튜버로 살아남으려면 강한 개성이 필요하다.

그래서인지 개성이란 반짝반짝 빛나는 별처럼 눈에 잘 띄어야 한다고 생각하기 쉽다. 하지만 눈에 띄지 않는 개성으로 수수하고 당차게 싸워 나가는 경우도 있다. 많은 사람이 후자에 속한다.

직장 상사나 동료가 조직에서 살아남기 위해 천박해지거나 교활해지는 서글픈 광경을 눈앞에서 보게 되는 경우가 있다. 그런 천박함이나 교활함도 생존을 위한 무기로서 개성이라고 생각할 수 있다. 이렇게 생각하면 너그러운 마음으로 받아들일 수 있게 된다.

다른 사람의 개성을 알아보는 것을 즐기도록 하자. 한밤중에 홀로 망원경과 씨름해서 새 별을 찾아냈을 때 느끼는 기쁨이 이런 느낌이 아닐까 싶다.

어떤 개성이든 무기가 될 수 있다

이 책의 '머리말'에서 지금부터 전례가 없을 정도로 살기 힘든 시대가 올 것이고, 개성이 없으면 살아남기 힘든 세상이 될 것이라는 전망을 말했다. 자신의 개성을 발견했으면 그것이 강력한 무기가 될 수 있게 연마하자.

"저는 개성 같은 거 없어요……" 하고 한탄하지 마시라. 오늘까지 살아남을 수 있었던 것은 아직 깨닫지 못한 개성이 있었기 때문이다. 그리고 그 개성을 무의식중에 무기로 써 왔기 때문이다.

개성을 무기로 삼는다는 말은 개성을 의식적으로 활용하고 통제할 수 있다는 뜻이다. 만화 〈포켓몬스터〉의 '메가 진화'처럼 개성을 폭발적으로 진화시키지 않아도 된다. 지금 있는 개성을 의식적으로 사용할 수 있으면 된다.

얼마 전 인터넷에서 북극곰 모자에 관한 동영상이 인기를 모았다. 어미 곰과 새끼 곰이 절벽을 올라가는 모습을 담은 동영상이었다. 어미는 절벽 위에 올라갔지만 새끼는 올라가지 못하고 계속 미끄러져 내렸다. 하지만 몇 번이고 미끄러지면서도 열심히 어미에게 다가가려 하고 어미도 새끼를 기다려주었다.

이 동영상에 대해 "너무 귀엽다" "힐링이네" "힘내라"라는 긍정적인 반응도 많았지만 "곰이 사람 사는 구역에 나타난 건 심각한 문제" "드론에 탑재된 카메라로 촬영하고 있으니까 곰이 놀라서 미끄러진 건데, 자연에 간섭하는 인간이 나쁘다" 같은 반응도 있었다.

하나의 영상을 두고도 이렇게 의견이 갈린다. 의견이 같다고 해도 강하게 반응하는 사람이 있는가 하면 유보적인 태도를 보이는 사람도 있다. 저마다 다른 세계관을 지니고 있기 때문에 같은 상황에 대해서도 다른 반응을 보이는 것이다. 자신만의 세계관과 자신이 지닌 능력을 합하면 그것이 개성이 된다.

주변의 성공한 사람들을 잘 관찰해보자. 가까운 사람이면 된다. 그중에는 능력은 평범해도 자신만의 방식으로 개성을 살려서 성공한 사람이 반드시 있을 것이다.

한때 끔찍한 상사 밑에서 일하던 시기가 있었다. 그는 업무 능력이 부족했지만 어째서인지 계속 요직에 기용되었다. 나는 수수께끼를 풀고 싶어서 그를 열심히 관찰했다. 그리고 그가 자신의 못된 성격을 의식적으로 무기로 쓰고 있다는 사실을 깨달았다.

그는 팀원들이 목표량을 초과하는 계약을 달성했을 때 그것을 자신의 부족한 할당량을 보충하는 데 썼다. 그러면서 "팀이 목표량을 채울 수 있었던 건 모두 나의 지도 덕분"이라고 말했다. 자신의 실수를 부서 전체의 잘못으로 돌려 책임을 회피한 일도 있었다. 그는 못된 성격이라는 개성을 무기로 삼았던 것이다. 조직에서 지위는 개인의 능력과 경험을 발판 삼아 얻는 것이지만, 그는 못된 성격을 이용해 자기 발판을 다지고 지위를 쌓고 있었다.

어떤 개성이라도 무기가 될 수 있다.

| 정리 |
- 글을 쓰는 데 필요한 것은 축적된 실천이다.
- '쓸 수 없다'고 생각하지 마라.

- 글재주나 문장력에 얽매이지 마라.

- 쓸 수 없을 때는 쓰지 말자.

- 엄청 서툰 글이라도 쓰지 않은 글보다는 몇만 배 낫다.

- 읽고 싶은 것은 쓰지 않는다.

- 직접 글을 써서 얻는 것은 남이 쓴 글을 읽고 얻는 것보다 크다.

인생이라는 이야기의
주인공이 되다

이야기에는 사람을 구하고
미래를 바꿀 힘이 있다

많이 쓰고 버리기가 이야기를 위한 토대가 된다

글쓰기란 자신의 생각과 감정을 자신의 말로 구현하는 것이다. 글쓰기는 말로 변환하는 일의 연속이며, 그 끝에는 '이야기'라는 창작 활동이 있다. 앞에서도 말했듯이 아무것도 쓸 것이 없는 상태, 준비되지 않은 상태에서는 이야기를 쓸 수 없다.

이야기를 쓰기 위한 준비로는 지금까지 집요하게 권유한 '쓰고 버리기'가 좋다. 쓰고 버리기는 아무나, 아무 때나, 아무 곳에서나 할 수 있다. 실패할 일도 없다. 부담 없고 자유롭다. 신경 쓰이는 일을 충실하게 써서 버리기만 하면 된다. 이때 지켜야 할 규칙은 '자신이 쓸 수 있는 말로 표현하기', 이것뿐이다.

쓰고 버리기는 가벼운 마음으로 할 수 있기 때문에 '양'을 추구할 수 있다. 많이 쓰고 버릴수록 세계관이 확고하게 만들어지고, 그 세계관을 토대로 하여 이야기를 쓸 수 있다.

쓰고 버리기와 메모의 차이는 전자는 '굳이' 남기지 않는다는 데 있다. 남기지 않음으로써 의식에 입력된 내용이 자유롭게 저절로 숙성된다. 만일 쓰고 남겨 둔다면 그것을 다시 보게될 때 그동안 내 안에서 숙성된 것이 사라지고 만다. 따라서 '굳이 버리는 것'이 중요하다.

노후에 대해 쓰고 버려보자.

주제 ─ '노후'

노후란 무엇인가? → 일반적으로는 정년퇴직 이후의 생활 → 정년 전에 그만두면 노후는 그만큼 당겨지는가? → 그렇지는 않다 → 정년은 사회적인 틀에 지나지 않는다 → 노후의 시작은 자신에게 달려 있다 → 될수 있으면 노인 취급을 받고 싶지 않다 → 어떻게 하면 좋은가? → '자신이 설정하는 노후'를 늦추자 → 뇌와 몸의 건강을 유지한다 → 그것을 위해 지금 할 수 있는 일은……

이 정도는 1~2분 정도면 종이에 쓸 수 있을 것이다. 중간에 막히면 거기서 그만두고 조감하듯이 들여다보고 버린다.

시간이 좀 지난 뒤에 같은 주제를 생각할 기회가 오면 지난번보다 더 나아간 지점에서 시작할 수 있다. 또는 쓰고 버리기로 의식에 입력된 주제는 그에 관한 생각이 차츰 무르익기 때문에 산책을 할 때나 휴식 중에 문득 좋은 아이디어가 떠오르기도 한다. 이렇게 머릿속에 입력되는 내용이 쌓이면 세계관이 구축되고 글을 쓸 준비가 갖추어진다.

쓰고 버리기를 생활화해보자. 깨달음을 얻기 위해 굳이 먼 나라에 여행을 갈 필요도 없고, 회사를 그만두고 자유의 몸이 될 필요도 없다. 영화 〈포레스트 검프〉(1994)의 유명한 대사처럼 "인생은 초콜릿 상자와 같은 것"이다. 우리 인생에는 숨은 보물이 가득하다. 쓰고 버리기를 함으로써 지금까지 보지 못했던 보물을 찾을 수 있다. 내 인생을 온전히 나의 것으로 만들 수 있다. 그렇게 생각하면 좀처럼 형편이 나아질 것 같지 않은 직장 생활이나 지루한 학교 생활도 조금은 좋게 볼 수 있다.

쓰고 버리기는 자유다. 형태에 구애받지 않아도 된다. 말이 아니라 도형이나 기호로 표현해도 좋다는 뜻이다. 자신의 세계관을 가지고 표현하는 것이 중요하다. 그렇게 계속함으로써 자신만의 견해, 자신만의 세계관을 점점 더 충실하게 만들면 '이야기할 준비'가 완료된다. 이 책을 집필하기 위해 내가 한 준비는 쓰고 버리기뿐이다.

공감과 감동과 열광을 낳는 이야기

글쓰기의 최종 형태는 '이야기'다. 인생은 흔히 이야기에 비유된다. 말하자면 이야기를 만드는 것은 인생을 만드는 것이다. 불확실한 미래 때문에 답답한 직장인도 이야기 속에서는 톰 크루즈 같은 스타가 될 수 있고 못된 상사를 회사에서 내쫓아버릴 수도 있다.

인생은 대체로 지루하고 따분하게 느껴진다. 재미있는 일이 매일 일어나지도 않고 일이 잘 풀리는 경우보다 그렇지 않은 경우가 훨씬 많다. 하지만 이야기를 함으로써 가상현실처럼 다른 인생을 체험할 수도 있고 어떤 문제에 대처하는 예행연습을 해볼 수도 있다.

사람들은 이야기를 좋아한다. 이야기에 자신을 겹쳐 보며 공감하고 감동한다. 이야기는 사람들을 끌어당기는 힘이 있다. 마쓰시타 고노스케나 혼다 소이치로(혼다 자동차의 창업주), 스티브 잡스, 빌 게이츠 같은 성공한 사람들이 직접 들려주는 이야기는 특히 더 그렇다. 그들의 이야기를 듣다 보면 '우리도 할 수 있을지 모른다'는 생각과 희망이 들기 때문에 끌리는 것이다.

이야기를 만들 때는 다른 사람을 끌어당기는 것을 목표로 삼자. '이야기라니 도무지 엄두가 나지 않아'라면서 주눅이 든 사람은 우선 자신이 끌릴 만한 이야기를 목표로 삼아보자. 실제로 마쓰시타 고노스케나 혼다 소이치로, 스티브 잡스는 그들 자신에게 기분 좋은 이야기를 했다. 자기에게 기분 좋은 이야기가 다른 사람들을 매료시키는 이야기가 될 수 있다니, 정말 신나는 일 아닌가?

이야기는 꿈을 현실로 만드는 인생의 청사진이 될 수 있다. 매력적인 이야기로 인생을 설계해서 현실이 그 이야기에 가까워지도록 하는 것이다. 프로야구 선수 중에는 어릴 때부터 "메이저리그 선수가 되어 월드시리즈에서 홈런을 칠 것이다"라는 매력적인 이야기를 품고 살아가는 선수가 많을 것이다. 회사에서 업무를 계획할 때도 수치로 정한 목표보다 단계가 있는 이야기로 구성하는 쪽이 상상하기가 수월해서 따라가기 쉽다.

이야기는 고난을 극복하는 데 큰 힘이 되기도 한다. 나는 일을 할 때 언짢은 것들을 웃어넘길 수 있는 이야기로 만들어 왔기 때문에 오늘까지 살아남을 수 있었다.

이야기는 누구나 시작할 수 있다. 기회는 누구에게나 있다.

이야기를 만드는 순서와 실천법

쓰고 버리기를 계속하다 보면 자신의 생각과 감정을 말이나 글로 길게 표현하고 싶어진다. 스스로 주제를 정하거나 주어진 주제를 글로 나타내고 싶어진다. 계속 글을 씀으로써 자기 안에서 '쓸 것'이나 '쓰지 않으면 안 되는 것'이 새롭게 생기고, 그

것이 또다시 쓰고 싶은 마음을 불러일으킨다.

① 쓰고 버리기를 통해 변환에 익숙해져서 글쓰기에 대한 저항이 없어진다.
② 쓰고 버리기를 통해 지금껏 써 온 말이 세련되게 다듬어지고, 쓸 수 있는 말이 늘어난다.
③ 세계관이 구축되어 지금까지와는 다른 관점에서 대상을 볼 수 있게 된다.

세계관이 구축되고 점점 커지면 쓰고 버리기로는 만족할 수 없게 된다. 쓰고 버리기는 그 자체만으로도 의미와 효과가 있다. 하지만 연속되는 생각의 변환과, 문장으로 구성되는 이야기를 통해 얻을 수 있는 깨달음이라는 측면에서 쓰고 버리기는 한계가 있다. 즉 쓰고 버리기로 구축된 세계관이 쓰고 버리기로는 수습할 수 없게 되는 것이다. 한계 수량까지 물이 차오른 댐을 방류하듯이, 쓰고 싶은 것이 가득 찼다는 생각이 들면 자신의 말로 이야기를 써보는 게 좋다.

일단 200자 원고지 두 장 분량인 400자 정도의 글을 써보자. 140자인 트위터의 3회 분량이라고 생각하면 쓸 수 있다. 거기에 자신이 쓰고 싶은 것을 적어보자. 우선은 끝까지 쓰는 것이 중요하다.

① 시작은 400자 정도. 40자×10문장.

② 구성은 신경 쓰지 말자.

③ 하고 싶은 것과 결론만 의식한다.

④ 끝까지 다 쓴다.

⑤ 막히면 그 지점에서 '왜 쓸 수 없는가'를 주제로 하여 쓰고 버리기를 하고 원인을 알아낸다.

⑥ 마감 시간을 미리 정하고, 제시간에 끝내지 못하면 일단 그만 쓴다.

다 쓴 글은 당신의 세계관으로 만든 당신만의 글이다. 일단 끝까지 쓰고, '끝까지 썼다'는 작은 성공 경험을 쌓아 올림으로써 글쓰기라는 행위에 대한 저항감을 조금씩 줄여 가자. '의외로 쉽게 쓸 수 있다'는 것을 실감하게 될 것이다.

이것은 매일의 삶에도 응용할 수 있는 방식이다. 관리직 업무인 직원 노무 관리는 영업직인 내게 별로 재미가 없는 일이었다. 하지만 노무 관리를 통해 팀 전체의 업무가 원활하게 돌아간다는 (제삼자로부터는 평가받을 수 없는) 작은 성공 경험을 쌓음으로써 재미와는 다른 성취감을 얻을 수 있었다.

하고 싶지 않은 일에 관한 저항감을 없애는 방법

① 작은 성공 경험을 찾아낸다.

② 작은 성공 경험을 쌓아 가는 게임으로 여긴다.

③ 타인이 부과하는 과제로는 얻을 수 없는 다른 보람을 찾아낸다.

글을 씀으로써 자신의 인생을 이야기로 만들고, 그 이야기에서 삶을 더 나은 방향으로 이끌어줄 메시지를 발견할 수 있다. 기쁨이나 즐거움만이 아니라 슬픔이나 언짢은 경험까지 자신의 말로 표현함으로써 내면의 양식으로 삼을 수 있다. '이야기하기'는 이야기를 만드는 것만이 아니라 인생을 창조하는 것이다. '이야기할 만한 인생'은 누구에게나 있다.

이야기를 일에 활용하는 법

'이야기'라고 하면 무엇이 떠오르는가? 아마도 미하엘 엔데의 《끝없는 이야기》나 일본의 고전 《겐지 이야기》처럼 제목에 '이야기'가 붙는 문학 작품이나 〈도라에몽〉, 〈귀멸의 칼날〉, 〈한자와 나오키〉 같은 유명한 창작물을 떠올릴지 모른다.

이야기는 '창작'에 한정되지 않는다. 고상한 것도 아니다. 친근하고, 붙임성 있고, 장르를 뛰어넘는 자유로운 것이다. 이야기는 장르를 불문하고 읽은 사람의 마음과 영혼을 움직이는 서사가 있는 글이다. 이야기는 우리 주변에, 삶 곳곳에 무수히 많이 존재한다. 예를 들어 나는 영업 관리직으로서 다른 회사의 기획서나 보고서를 볼 기회가 많다. 뛰어난 기획서, 보고서와 그렇지 않은 것들은 그 안에서 이야기를 느낄 수 있는지 없는지에서 차이가 난다. 읽는 사람의 마음을 흔드는 이야기가 없으면 그를 움직일 수 없다.

언뜻 이야기와 거리가 멀어 보이는 곳에도 이야기가 있다. 예를 들어 '신규 거래처 개발 리스트'에서도 이야기를 볼 수 있다. 내 경험으로는 그런 리스트 중에도 "이러저러한 방식으로 개발해보고 싶다"라는 이야기를 만들어 반영한 쪽이 주소별 혹은 업무별로 기계적으로 정리한 리스트보다 성과를 내기 쉬웠다. 일에서 성과를 내는 사람은 그렇게 일 속에 이야기를 능숙하게 짜 넣을 줄 아는 사람이다.

이야기를 타고 업무를 수행하는 쪽이 동기를 유지하는 데도 유리하다. 이야기를 믿으면 앞으로 나아갈 힘이 생긴다. 과장된 말일지도 모르지만, 이야기에는 사람들을 움직이고 현실을 바꾸는 힘이 있다.

소설, 영화, 드라마…… 지금 우리 곁에는 이야기가 넘쳐난다. 이렇게 많은 이야기가 존재하는 이유는 누구나 자신에게 맞는 이야기, 자신을 더 나은 방향으로 움직이도록 이끌어줄 이야기를 찾고 있기 때문이 아닐까.

이야기가 어떻게 현실을 바꿀 수 있을까? 사람들이 흔히 이야기를 자신의 인생과 겹쳐 보기 때문이다. 그리고 같은 메시지라도 추상적인 격언보다 이야기에 담긴 메시지가 더 쉽게, 더 잘 와닿기 때문이다.

나는 가끔 영화 〈용쟁호투〉(1973)의 주인공 '리'(이소룡)에 나를 겹쳐 보곤 한다. 유난히 힘든 하루를 보낸 날이면 집에 돌아와 목욕하기 전에 윗옷을 벗어 던지고, 여동생의 원수를 응징하던 이소룡의 분노와 슬픔에 가득 찬 표정을 흉내 내며 이소룡 특유의 기합 소리를 외친다. 그 순간만큼은 내가 곧 이소룡인 것 같고 '나는 지지 않는다'라는 자신감이 솟는 기분이다. 그렇게 〈용쟁호투〉의 이소룡과 나를 겹쳐 봄으로써 용기를 끌어올리고 스스로 구해내곤 한다.

우리는 자신도 모르는 사이에 이야기를 통해 구원받고 있는지 모른다. '이야기'에는 사람들을 구하고 미래를 바꾸는 힘이 있다. '이야기하기'에는 더 강한 힘이 있다. 소설 후기에서 작가가 "이 작품을 쓰고 영혼이 정화되면서 나 자신이 구원받았습니다" 같은 말을 하는 경우가 있는데, 이것은 이야기하기라는 행위를 통해 자신이 구원받았음을 표현하는 말일 것이다. 자신의 이야기를 직접 이야기할 수 있다면 인생을 더욱 좋게 가꿀 수 있을 것이다.

오늘날처럼 다양화된 세계에서는 모든 사람에게 와닿는 이야기를 하기란 어렵다. 현재를 살아가는 우리에게는 '자신을 위한 이야기'를 찾아내서 이야기할 힘이 필요하다. 우리는 스스로 이야기를 찾아내고 거기에 자기 인생을 겹쳐 보면서 자신을 격려하고 진로를 수정하고 또 자신을 구원할 필요가 있다.

지속적으로 '이야기하기' 위한 구조 만들기

자신의 말로 자기 자신에 대해 이야기한다

자신을 위해 이야기하자. 공감을 얻을 수 있는 주제, 휘몰아치는 절정, 반전의 결말 따위는 필요하지 않다. 자기 안에 있는 것을 그대로 자신의 말로 변환해 글로 써보는 것이다. 주인공은 일단 자신이면 된다. 과장은 하지 않는다. 무엇을 쓰든 자유지만 처음에는 일기나 에세이가 비교적 시작하기 쉬울 것이다.

예를 들어 일요일 아침에 '써보자'라는 마음이 들었다면 '오늘 오후에 무엇을 할까'에 대해 줄거리를 잡고 써본다. 재미없는 쇼핑 리스트도 '이야기'가 될 수 있다.

쇼핑 리스트 → '오늘 살 것 / 조각 천, 봉제 인형용'

이야기하기 → '지하철역 앞 빌딩에 있는 봉제 용품 가게에 며칠 만에 들러 조각 천을 사서 봉제 인형 옷을 만들고 싶다. 이번에는 꼭 성공하고

싶다. 볼품없는 조끼를 입히면 곰돌이가 불쌍하다.'

이렇게 쓰기만 해도 목적과 희망이 드러나고 흔해 빠진 일상에 '조각 천을 산다'라는 소소한 즐거움이 생긴다. 이야기의 힘이다.

첫 세 줄을 다 쓰겠다는 마음으로 시작한다

"자, 이야기를 시작해봅시다!" 하고 구호를 외친다고 해도 좀처럼 시작하기 어려운 게 사실이다. 갈수록 꽉 막히는 듯한 기분이 들어서 머리를 싸매고 "구상이 어쩌고, 문체가 저쩌고"라며 변명을 늘어놓게 된다. 단순하게 생각해보자. 자기 안에 있는 것을 꺼내놓기만 해도 좋다. 이미 내가 가지고 있는 것을 가공해서 내놓아보자. 이를테면 다음과 같은 생각도 이야기로 쓸 수 있다.

"일이 재미없어서 이직하고 싶다."

"스트레스 주는 상사를 혼내주고 싶다."

"잔소리하는 아내에게 가끔은 화를 내고 싶다."

누구에게나 이야기의 재료는 있다. 바꾸어 말하면 '이야기할 수 없음'이란 자기 안에 없는 이야기를 토해내려 한다는 뜻이다.

몇 년 전에 소설을 쓰려다가 쓰지 못했던 적이 있다. 내가 쓰고 싶었던 건 제2차 세계대전 때 일본을 무대로 한 전쟁 멜로드라마였다. 어디서 영감을 얻었던 건지 헤밍웨이의《무기여 잘 있거라》처럼 전쟁에 휩쓸린 남녀의 비극적인 운명을 치졸한 기술과 빈약한 표현력으로 쓰려 했던 것이다. 물론 쓸 수 없었다. 기술 부족 이전에 내 안에 그런 '이야기'가 없었기 때문이다. 자기 그릇에 맞지 않는 이야기는 쓸 수 없다.

자기 안에서 이야기를 찾아냈다면 기세를 몰아 써봐야 한다. 일단 쓴다. 구성이나 전개는 신경 쓰지 말자. 첫걸음이 가장 어렵다. 나는 글을 쓸 때 "처음 세 줄을 끝까지 다 써보자" 하고 나 자신에게 이야기한 뒤에 시작한다. 일단 세 줄. 대충 150자. 아침 점심 저녁 트위터에서 시답잖은 소리를 투덜대고 있으니 할 수 있을 것이다. 세 줄 열심히. 자기 안에 있는 이야기와 맞대면한다. 어떻게든 세 줄과 맞붙어본다.

첫 번째 줄 : 자기 소개

두 번째 줄 : 무엇에 대해 어떻게 생각하나

세 번째 줄 : 결론, 정리

짧은 이야기라면 150자에 세 요소가 전부 들어갈 것이다. 나는 지금도, 이 책도 '세 줄 열심히'를 반복하며 쓰고 있다. 자신의 그릇에 맞는 이야기, 글 첫머리와 계속 이어가는 리듬. 이것만 찾을 수 있다면 누구나 이야기를 할 수 있다. 처음부터 헤밍웨이를 목표로 삼지 않으면 된다.

첫머리에 힘을 쏟고 기세를 몰아 달려 나간다

될 수 있는 한 첫머리를 잘 쓰도록 힘을 쏟아보자. 첫머리 쓰는 방식 중에 누구나 쓸 수 있는 효과 좋은 방식이 있다. 다짜고짜 결론을 써버리는 것이다. 쉽게 이해되고 기분 좋은 내용이라면 더 좋다. 처음부터 관심을 끌어당기는 '먼저 달아나기 작전'이다.

다짜고짜 결론을 써버리면 읽는 사람에게 '무슨 일이 일어난 걸까?'라는 기대감과 놀라움을 안겨줄 수 있다. 다짜고짜 결론을 써버림으로써 쓰는 사람은 쓸 힘이 생긴다. 그다음에 이어질 '어떻게 첫머리의 결론에 이르게 되었는가?'라는 내용을 설명하느라 너무 쫓기지 않도록 조심하며 쓰면 된다.

논리적으로 단계를 밟아서 결론에 이르는 글이 이상적이긴 하지만 서두에서 결론을 냅다 던져버리고 그다음에는 계속 그 결론을 무시하면서 진행하는 극단적인 구성도 가능하다(성실한 사람은 화를 낼지도 모르지만).

음악에서도 비슷한 경우를 볼 수 있다. 요네즈 켄시의 〈레몬〉이나 킹 누의 〈백일〉 같은 히트곡은 도입부 없이 곧장 인상적인 멜로디와 가사로 시작된다. 글을 쓸 때도 마찬가지로 사람들의 이목을 끌기 위해 이런 방법을 택해도 괜찮다.

글이 헤맨다고 느낄 때 재점검할 세 가지 항목

다시 말할 필요도 없지만 내가 계속 글을 쓰는 것은 '나를 위해서'다. 누군가를 만족시키기 위해서가 아니라 오로지 내 만족감과 성취감을 위해서다.

자신이 쓴 글에 100퍼센트의 만족감을 느끼지 못한다 해도 괜찮다. 모자란 부분은 '다음에 더 잘 쓸 수 있다'는 자기 가능성의 확장으로 이어진다. 불만족이 다음에 글을 쓸 동기가 된다. 자신을 만족시키기 위해 쓰니까 만족감과 함께 부족함을 느끼게 되고 좀 더 잘 쓰고 싶어지는 것이다.

자기 자신에게 실망했다면서 만사를 포기해버리는 건 최선을 다한 사람의 태도가 아니라고 나는 생각한다. 정말 온 힘을 다했다면 그런 자신의 노력을 배반할 수 없다는 마음이 생겨서 다시 한번 해보자라는 투쟁심이 끓어오를 것이다.

글쓰기만이 아니라 다른 일도 마찬가지다. 아쉽고 분한 마음으로 다음엔 꼭 해내겠다고 다짐하는 기개는 전심전력을 다했을 때 나온다. 온 힘을 다하면 좋은 결과로 이어질 가능성이 높아질 뿐 아니라, 뜻대로 되지 않았을 때에도 패자부활전으로 여겨 끈질기게 싸워 나갈 수 있게 될 것이다.

글을 쓰는 것은 자신을 위한 일이다. 따라서 '쓴다'는 행위를 더욱 탐욕스럽게 자신의 것으로 만들자. 자기 평가를 동기로 삼자. 자신을 위해 글을 쓰는데 그 동기를 다른 사람에게 넘기는 짓은 하지 말자.

　어렸을 때 피아노를 배운 적이 있다. 연주 실력이 나아졌다고 느낀 것은 발표회나 콩쿠르에서 박수를 받으려고 열심히 연습한 때가 아니다. '이 곡 좋아!'라고 생각하면서 순수하게 즐기는 마음으로 건반을 두드렸을 때 스스로 잘 친다는 생각이 들었고 실제로 실력이 좋아졌다. '자신을 위해서'가 '즐거움'으로 바뀌고 '숙련'으로 이어진 것이다.

　글쓰기만이 아니라 자신을 위해 하는 일에서 갈피를 못 잡겠다고 느낀다면 재점검을 해볼 필요가 있다. 나는 다음과 같은 점들을 써서 버리면서 상황을 점검해본다.

　① 하고 싶은 일은 내게서 나온 것인가? 타인이 준 것인가?
　② 분투하고 있는 일이 어떤 즐거움도 없이 고통스럽기만 한 일이 돼 있지 않은가?
　③ 그 앞에 있는 미래의 자신을 상상할 수 있는가?

　'자신을 위해서' 하는 일은 스스로 자신을 평가하고 그 평가를 동기 삼아 앞으로 나아가게 만든다. 타인의 평가(특히 나쁜 평가)에 흔들리지 않을 힘이 길러진다. 그 힘을 지탱하는 것은 자신감이고, 자신감은 경험이 쌓이면서 생긴다.

결국 위기에 처한 자신을 구해주는 것은 카리스마 있는 누군가의 말이 아니라 그 지점까지 걸어온 자신의 발자국이다. 힘든 시기를 거친 내가 반드시 미래의 나를 구해줄 것이다.

최선을 다했다면 질보다 양을 평가하자. 자신이 글을 몇 편 썼는지, 몇 글자나 썼는지를 확인해보자. 글쓰기라는 행위에서 이처럼 측량 가능한 요소를 평가 대상으로 삼으면 만족감을 얻기 쉽다. 나는 그렇게 하고 있다. 야구에 비유하자면 그날그날 컨디션에 따라 오르내리는 타율이 아니라 수가 줄지 않는 홈런 개수를 의식하는 것과 같다. 성과를 차곡차곡 쌓아 올리는 느낌이 자신감으로 이어진다.

끊임없는 동기 부여를 위해서라면 '변동하는 것'이 아니라 '축적되는 것', '파악하기 쉬운 것'으로 하는 자기 평가를 하는 것이 좋다. 글쓰기만이 아니라 모든 분야에서 자기 자신에게 만족감과 계속할 동기를 주는 시스템을 자기 안에 세우는 것이 중요하다.

정보를 차단하기 전에 반드시 검증한다

싫은 것들을 내 편으로 삼는 쓰고 버리기 방식

글쓰기는 자신이라는 나무에서 이야기라는 조각을 파내는 행위다. 그러므로 자신보다 큰 이야기는 내놓을 수 없다. 하지만 '나는 재능이 없어서 장대한 이야기는 할 수 없어'라고 절망하지 않아도 된다.

큰 이야기를 하고 싶다면 자기 안에 있는 이야기를 크게 키우면 된다. 이야기의 재료가 될 만한 것을 찾아내면 그것에 대해 쓰고 버리면서 키워 가자. 애니메이션 〈포켓몬〉에 비유하자면, 전설의 포켓몬인 뮤츠를 잡는 게 아니라 그보다 약한 포켓몬을 단련시켜서 강하게 만드는 방식과 같다.

사람들은 대개 자신이 좋아하는 것, 흥미 있는 것에 집중한다. 안테나가 저절로 그쪽을 향하고 눈도 귀도 그쪽으로 열리게 마련이다. 그렇게 흥미 있는 것들이 자연스레 이야기의 재료가 된다. 반면에 싫어하는 것들에 대해선 거의 조건반사적으로 피하게 된다. 어찌 보면 당연한 일이다. 시간이 한정돼 있기 때문이다. 싫어하는 것에 자리를 내어주기보다 흥미 있는 쪽에 의식이 쏠리게 하고 싶다. 그러나 정말 자기 안에 있는 이야기를 크게 키우고 싶다면 지금까지 피해 온 '싫어하는 것', '흥미없는 것'에 눈을 돌리는 게 효과적이다. 그것들 가운데 손대지 않은 보물이 잠자고 있다. 다시 말해 '싫어하는 것'을 내 편으로 삼는 것이다.

그렇지만 싫어하는 것을 좋아하기는 쉽지 않다. 부정적인 첫인상을 뒤집기는 정말 어렵다. 처음 만난 자리에서 '이 사람은 안 되겠어'라고 생각하면 그 인상을 만회하기 힘들다는 것은 여러분도 잘 알 것이다. 로맨틱 코미디에서 서로 첫인상이 최악인 남녀가 그 관계성을 뒤집고 사랑에 빠지는 이야기는 판타지니까 가능한 것이다.

그럼 어떻게 해야 싫어하는 것을 내 편으로 삼을 수 있을까? 글을 써서 지금까지 피해 온 '싫어하는 것'을 감정에서 떼어 내보자. 다음과 같이 쓰고 버리기를 통해 싫어하는 것을 자신의 말로 분해해보는 것이다.

① 왜 싫은가?
② 모든 면이 싫은가? 좋은 부분은 없나?
③ 싫어도 내게 도움이 될 요소는 없나?

이렇게 쓰고 버리면서 그동안 내가 피해 온 것의 정체를 파헤쳐보면 보물을 찾아낼 수 있을지도 모른다. 조건반사적으로 피하기만 하면 보물을 손에 넣을 확률은 0퍼센트다.

과거에 내린 판단이나 평가에 매이지 말 것

한번 내린 판단이나 평가에 집착하는 사람이 많다. 집착이란 사고 정지이자 단정이다. 나는 식품업계에 있기 때문에 "식재료에 고집 좀 부렸습니다", "고집스러운 제조법" 같은 홍보 문구를 보면 '너무 고집을 부린 나머지 다른 가능성을 막고 있는 것은 아닌가?' 하고 한 소리 하고 싶어진다.

그런데 요즘은 이렇게 '○○만을 고집했습니다'라는 식으로 고집을 부리는 게 좋은 일마냥 받아들여지고 있다. 경주마처럼 눈앞에 보이는 것에 집중해 내달리는 태도가 긍정적인 인상을 주는 듯하다. 분명 풍향계처럼 빙글빙글 돌아가며 태도를 바꾸는 사람보다 멋있어 보일 것이다.

하지만 과거에 내린 평가나 판단에 집착하지 않는 것이 좋다. 전제 조건이 바뀌면 판단이나 평가 또한 바뀔 수 있다. 과거에 내린 결정에 집착하다가 판단이 늦어 실패한 경험은 누구에게나 있을 것이다. 예컨대 다각도로 수익성을 예측해 사업을 시작해도 사회 정세 등 여건이 바뀌면 수익 전망이 어두워질 수 있다. 이 시점에서 그때까지 투자한 돈과 시간이 아까워 판단을 바꾸지 않았다가는 더 큰 손실을 내게 된다. 변화에 맞춰 고집을 버리고 판단이나 평가를 뒤집을 용기가 필요하다.

상황 변화에 유연하게 대처하려면 이상함을 감지하는 안테나의 감도를 높이고 신호를 놓치지 말아야 한다.

글쓰기를 계속하다 보면 세계관이 구축되고 세상을 보는 렌즈의 해상도가 올라가게 된다. 보이지 않던 것이 보이게 된다. 달에 대해 쓰고 버리기를 하는 경우를 생각해보자. 자신의 말로 달을 표현한 뒤에 실제로 달을 본다면 이전과는 다른 관점에서 볼 수 있을 것이다.

달에 대해 쓰고 버리기를 해보다가 모르는 것이나 마음에 걸리는 게 생기면 궁금해서 찾아보게 된다. 글을 씀으로써 식견과 행동에 변화가 생기고 그럼으로써 세상을 보는 렌즈의 해상도가 높아지는 것이다. 렌즈의 해상도가 높아지면 지금까지 깨닫지 못했던 대상의 변화나 이상한 점을 알아차릴 수 있게 된다. 변화를 알아차렸다면 집착 버리기를 주저하지 말자. 당신의 손발을 묶고 있는 과거에서 벗어나야 한다.

판단이나 평가를 자유롭게, 가볍게 뒤집을 수 있는 사람이 되자. 우리가 고집해야 할 것은 과거의 판단이나 평가가 아니라 집착하지 않는 태도이다.

자력으로 궁극의 자기만족을 지향한다

화제에 오르고 싶어서 쓰는 글이 실패하는 이유

"글을 쓰는 게 가장 좋습니다"라는 말을 들으면 기분이 좋아진다. 나와 같은 사람을 만났다는 기쁨이다. 하지만 이야기를 자세히 듣다 보면 기쁨이 시들어버리곤 한다. 왜냐하면 그렇게 말한 사람 중 대다수는 글쓰기 자체를 좋아한 게 아니기 때문이다. 그들은 다른 이들에게 자신의 글이 읽히는 것, SNS에서 화제가 되는 것을 좋아할 뿐이었다. 아마도 처음에 글을 쓰고 싶다거나 이야기를 하고 싶다는 생각을 했을 때는 자신이 쓰고 싶은 것을 쓰고 싶다고 생각했을 것이다. '쓰고 싶으니까 쓰기'는 완전히 개인적인 충동에 따른 것이다. 될 수 있는 한 여기에 타인을 개입시키지 않도록 하자. 누군가 읽고 싶어 하는 것이 아니라 내가 쓰고 싶은 것을 쓰자.

전문 작가가 아닌 이상 자신이 쓰고 싶은 것을 쓰고 "평가를 받으면 좋고, 평가받지 못해도 신경 안 써" 정도의 가벼운 마음을 지녔으면 좋겠다. 어떤 일이든 자신이 최선을 다했다면 평가에 일희일비하지 않게 된다. 뭔가에 최선을 다한다는 것은 그것만으로 자기 완결이 됐다는 뜻이기 때문이다. 최선을 다했다면 주위에서 들려오는 잡음에 "어쩌라고? 시끄러워!" 하고 받아칠 수 있다.

'쓰고 싶으니까 쓴다'는 마음을 소중히 여기자. '좋아요'를 많이 받고 싶다든가 타인에게 평가받는 것을 목표로 삼지 말자. 타인의 평가는 여러 상황에 좌우될 수 있어서 예측하기도, 믿기도 어렵다. 돌이켜보면 생전에 빈센트 반 고흐가 인기가 있었던가?

나는 오랫동안 글을 써 왔지만 지금도 내 글을 읽어주는 사람들의 반응은 예측하지 못한다. 그동안 깨달은 건 있다. 읽는 사람을 의식한 글은 쓰는 것도 재미가 없는 데다가 시시한 글이 되기 쉽다는 것이다. 원고를 쓰면서 줄곧 남들을 신경 쓴 나머지 "이렇게 쓰는 게 최신 트렌드일 거야" 하고 고쳐 쓰면 100퍼센트에 가까운 확률로 나쁜 결과로 이어진다.

쓰고 싶은 것을 쓰는 일에 진지해야 한다. 쓰고 싶은 것을 쓰는 순간에는 "전하! 이렇게 쓰셔야 백성들이 더 좋아할 것이옵니다"라고 간언하는 신하에게 귀 기울이지 않고 오히려 그를 내칠 정도의 폭군이 되어도 좋다.

공유할 수 없어서 가치가 있다

글쓰기만이 아니라 살다 보면 솟구치는 '뭔가 해보고 싶다'는 충동은 자기 완결이 될 수 있도록 하자. 궁극의 자기만족을 지향하는 것이다.

다른 사람들과 연결되는 경험은 즐겁다. 트위터에서 '좋아요!'를 받으면 기쁘다. 여럿이 힘을 모아 성과를 내고 동료들과 기쁨을 나누는 순간은 다른 무엇과도 바꾸기 힘들 만큼 소중하다.

하지만 요즘 우리는 좀 지나치게 연결되어 있지 않은가? 너무 많은 것을 공유하는 상태에 있지 않은가?

글을 쓰다 보면 종종 자신도 몰랐던 새로운 자신을 발견하게 된다. 그러한 발견은 고독한 자기 탐색의 여정에서 가능하다. SNS의 '좋아요!' '공유'만 신경 써서는 찾을 수 없다.

자기 혼자서만 할 수 있는 일을 더 소중히 여겨야 한다. 요즘은 누군가와 쉽게 연결될 수 있는 시대이기 때문에 오히려 타인과 공유할 수 없는 혼자만의 시간을 갖는 것이 중요하다. 그리고 글쓰기라는 행위는 혼자만의 시간을 만들기에 가장 적합한 수단이다.

'나 홀로 생각하고, 행동하고, 검증하기'라는 시스템을 자기 안에 구축해보자. 문제나 고민을 다른 사람과 나누면 무게가 가벼워질지 모른다. 하지만 나 홀로 극복했을 때보다 얻는 것이 적다. 요즘 나는 다음과 같은 순서로 내게 닥친 문제를 홀로 생각하고 완결을 지으려고 노력하고 있다.

① 혼자 생각할 환경과 시간을 만든다(나는 한밤중에 산책을 하면서 이것저것 생각하곤 한다).

② 우선은 나의 힘으로 스스로 해결할 방법을 생각한다.

③ 해결책을 찾으면서 그 방안이 효과가 없는 경우를 가정해보기도 한다.

④ '의뢰한 물건이 제때 납품되지 않는다', '예고도 없이 연구비 지원이 갑자기 끊긴다' 같은 힘든 상황 속에 자신을 두고 기어오르는 모습을 상상한다. 최악의 상황을 시뮬레이션해본다.

특히 '자기 힘으로 끝까지 해본다'라는 생각을 잊지 않으려 한다.

아버지가 갑자기 돌아가셨을 때 나는 홀로 지독한 상실감과 마주했다. 아버지의 죽음은 완전히 개인적인 일이었기에 내가 받은 상처는 스스로 치유할 수밖에 없었다. 너무도 힘든 경험이었지만 지금 돌이켜보면 나 자신과 대면하고 나름대로 극복한 것이 큰 자산이 된 것 같다.

글쓰기도 마찬가지다. 타인과 연결되지 않은 상태에서 자신을 맞대면하다 보면 자기 안에서 쓰고 싶은 것, 써야 할 것이 보이게 마련이다. 그것이 자신만의 이야기 재료가 된다. 공유하는 건 나중에 해도 된다.

세밀한 묘사가 이야기를 생생하게 한다

구체적으로 세밀하게 묘사하기

지금까지 '쓰기는 자신의 말로 변환하는 작업이다'라고 서술해 왔다. '쓰고 버리기'나 글을 '쓰는 것'을 통해 세계관이 구축되면서 글쓰기가 익숙해지면 말로 구체화하는 작업의 정밀도를 한 단계 올리는 것을 생각해보자.

일단 의식적으로 세밀하게 구현해보자. '못된 상사'라면 '못된' 한마디로 정리하지 말고 얼마나 못된 인간인지 보여줄 말을 찾아서 구체화하는 것이다.

드라마 〈한자와 나오키〉가 큰 인기를 얻은 데는 여러 요인이 있었겠지만, 나는 악질 상사를 인물들 간의 대화나 사무실 분위기로 대강 표현하지 않고 구체적으로 묘사한 것이 주효했다고 생각한다. 회사에서 자신이 지시한 일의 책임을 부하 직원에게 부당하게 떠넘기거나, 사무실에서 소리를 지르고 물건을 내던지는 상사는 상상만 해도 끔찍하다. 드라마에서 그러한 괴롭힘이 아주 생생하게 묘사되면서 시청자들 사이에 악질 상사들이 응징받기를 바라며 주인공을 응원하는 공감대가 형성된 것이다.

일상에서 겪는 일이나 인간관계를 가능한 한 자세히 말로 표현하다 보면 세상을 관찰하는 렌즈의 해상도가 높아진다. 그렇게 해상도가 높아진 렌즈를 통해 새로 눈에 들어온 것들을 소중히 여기면서 이 과정을 거듭하는 것이 더 나은 인생을 살게 해준다.

기술이 발달하면서 개인이 얻을 수 있는 정보량의 차이가 줄고 있다. 이런 상황에서 남보다 앞서 나가려면 똑같이 주어진 정보에서 특별한 것을 찾아내는 '후각'이 필요하다. 동료들에게 질투를 살 만한 남다른 '눈'을 갖는 것이다. 다시 말해 자신만의 세계관을 갈고 닦는 것이 나의 무기가 된다. 이를 위해 쓰고 버리기를 할 때 다음과 같이 해보자. 어휘의 폭이 넓어지고 세상을 보는 렌즈의 해상도가 높아질 것이다.

① 같은 주제를 다시 쓸 때는 지난번에 쓴 말은 피하면서 더 상세히 표현해본다.
② 처음 쓰는 주제를 다룰 때는 머릿속에 몇 가지 표현이 떠오르는지 신경 쓰면서 더 떠올려보려고 노력한다.
③ 한 가지 주제에 집착하지 말고 두세 가지 서로 다른 주제를 하나의 쓰고 버리기로 정리해본다.

개성을 살리는 신중한 글쓰기

어떤 일이든 결단이 필요한 순간이 있다. 글쓰기도 '어떤 말을 쓸 것인가?', '구성은 어떻게 짤 것인가?' 같은 결단의 연속이다. 하지만 '좋다/나쁘다' 'O/X' 식의 이분법적 사고로 안일하게 평가하거나 판단하는 일은 없길 바란다. 구체적으로 평가하고 판단하도록 노력해보자. 빨리 거칠게 결단을 내리느니 보류하는 편이 낫다. 쓰고 버리기를 할 때도 자세히 구체적으로 표현하는 게 좋다.

> 사건 발생 → 끔찍한 사건이다.
> → → 소름 돋을 정도로 끔찍한 사건이다.
> → → → 방송 금지 수준으로 끔찍한 사건이다.

이처럼 자세히 평가하는 데서 개성이 드러난다. 생각을 전달하기가 쉽지 않을지도 모른다. 하지만 그것으로 충분하다. 자신이 내린 평가를 다른 사람과 공유할 필요는 없다.

한마디로 정리하면, 말로 변환할 때 신중하게 하라는 것이다. 호쾌하게 단정할 수 없는 문제는 억지로 단정하지 않도록 한다. 모호함을 소중히 여길 필요가 있다.

'좋다/나쁘다'와 같은 단순한 판단은 누구나 할 수 있다. '누구나'에 속하지 않는 존재가 되려면 평소에도 신중하게 구체적으로 생각하고 말하는 연습을 하는 게 좋다. 나만의 말로 이야기할 때 나의 '유일무이함 등급'이 올라간다.

특별하지 않더라도 뛰어나지 않더라도 신중함만 있다면 유일무이한 '비교되지 않는 존재'가 될 수 있다.

'이야기'로 자신의 세계관을 견고하게 만든다

자신이 말할 수 있는 범위 내의 작은 이야기부터 시작한다

우리는 소설, 영화, 드라마, 애니메이션 같은 다양한 형태의 이야기에서 크든 작든 영향을 받는다. 인생을 성실하게 살아야겠다거나 회사를 그만두고 새 출발을 해야겠다는 결심을 하기도 한다. 자신의 인생과 이야기를 겹쳐 보는 것이다. 자신이 만든 이야기라면 자신의 인생에 더 강한 영향을 줄 수 있을 것이다.

그런데 자신이 직접 이야기를 쓸 수 있다고 생각하는 사람은 많지 않다. 시도를 해보기도 전에 '나는 할 수 없다'고 단정해 버린다. 그러나 누구나 이야기를 할 수 있다. 필요한 것은 다음 두 가지뿐이다.

① '이야기'를 위한 준비.
② '이야기'에 대한 고정관념 배제.

① 이야기를 위한 준비란 일상의 삶 속에서 일어나는 일들을

잘 관찰하고 자신의 말로 구체화해서 이야기할 만한 소재를 자기 안에 쌓고 세계관을 구축하는 것이다. '지금 자기 안에 있는 이야기'보다 더 큰 이야기를 만들어낼 수는 없다. 큰 이야기를 쓰고 싶다면 자기 안에 있는 이야기를 크게 키워 나가자. 그것이 성장이다.

② 이야기에 대한 고정관념을 배제한다는 것은 '좋은' 이야기를 만들어야 한다는 마음에서 자유로워지는 것이다. 전문 작가가 쓴 소설이나 잘 만든 영화를 보고 나면 자신감이 떨어지기도 하고 '훌륭한' '작품'을 만들지 않으면 안 된다는 마음이 들기도 한다. 하지만 그럴 필요는 없다. 자신이 이야기할 수 있는 범위 안에 있는 '작은 이야기'부터 시작해보자. 어릴 때 써본 미래 일기 같은 것이면 충분하다.

이야기를 해보고 싶다는 마음이 들면 억누르지 말자. 종이와 펜, 스마트폰, 컴퓨터 등 수단은 뭐라도 좋다. 솔직하게 마음 가는 대로 써보자. 남들에게 읽히려고 쓰는 것이 아니다. 자신을 위한 이야기를 쓰면 된다.

인생은 '바뀌는' 것이 아니라 '바꾸는' 것이다

이야기를 의식하면 주변에 있는 것들을 자세히 관찰하게 된다. 글감을 모으려는 의식이 내 안에 싹트기 때문이다. 그런 의식의 변화로 세상이나 사회를 보는 법 또한 달라진다. 인생이 달라진다.

개인적인 일이지만 나는 2019년 가을에 에세이를 한 권 출간했다. 제목은 "나는 회사원이라는 삶의 방식에 절망하지 않는다. 다만 지금 직장에 계속…이라고 생각하면 위에 구멍이 나는 것 같다."였는데, 가정과 직장에서 일어난 일을 소재 삼아 쓴 것이었다. 드라마나 영화에 나올 법한 극적인 사건은 없었지만 얼마든지 쓸 수 있었다. 그리고 이야기로 쓰겠다고 의식하자 그때까지와는 다른 렌즈로 세상을 볼 수 있었다. 덕분에 직장 동료나 가족을 새로운 눈으로 보고 인생을 다른 각도에서 바라볼 수 있었다. 이야기를 통해 인생을 충실하게 만들 수 있어 좋은 경험이었다. 기회를 준 분들에게 감사하고 있다.

일이나 학업에 짓눌리는 기분이 들고 어떻게 해볼 수 없을 듯한 답답함을 느낄 때는 '이야기'를 해보자. 기분 전환하는 셈 치고 자신을 주인공 삼아 희망에 찬 이야기를 자기 안에서 끌어올려보자.

내가 글쓰기를 계속하는 이유는 글쓰기가 순수하게 즐거워서, 그리고 쓰면 쓸수록 솜씨가 좋아지고 가능성을 느낄 수 있기 때문이다. 쓰기, 이야기를 통해 인생을 더 좋은 쪽으로 이끌 수 있다고 확실하게 실감했기 때문이다. 많은 사람의 마음을 뒤흔들어 움직이고 그들의 인생을 1밀리미터라도 좋은 쪽으로 향하게 만들 수 있다면 정말 기쁠 것이다. 그것이 지금 내가 '쓰는 이유'다.

인생이 이야기라면 이야기를 고쳐 쓰듯이 인생 또한 바꿀 수 있을 것이다. 어떤 이야기를 쓸 것인지는 자신에게 달려 있다. 글쓰기, 이야기하기라는 행위는 효과가 아주 뛰어난 성장술이다. 아무것도 필요 없다. 회사를 그만둘 필요도 없고, 세상 끝으로 갈 항공권도 필요 없다. 그냥 생각을 조금 바꾸기만 하면 된다.

'이야기를 하고 싶다'는 마음의 소리에 순순히 따라 글쓰기를 시작하기만 하면 된다. 극단적으로 말해 이 책을 서점에서 샀을 때 받은 영수증 뒷면에 쓰는 것으로도 시작할 수 있다.

인생은 '바뀌는' 것이 아니라 '바꾸는' 것이다.

| 정리 |

- 이야기를 통해 막연한 꿈을 명확한 목표로 바꾼다.
- 이야기에 나의 인생을 겹쳐 본다.
- 내 이야기의 주인공은 나 자신이면 된다.
- 세 줄만 쓸 수 있으면 책 한 권도 쉽게 쓸 수 있다.
- 이야기에 타인을 개입시키지 않는다.
- 특별하지 않고 뛰어나지 않더라도 유일무이해질 수 있다.
- 이야기를 하고 싶다는 마음의 소리에 솔직해지기만 하면 된다.

쓰지 않고는 견딜 수 없는
구조 만들기

'글쓰기'라는 늪에 빠지는 방법

쓰기로 인생을 좋게 만든다

어떤 일이든 즐거움과 성장, 그리고 결과를 실감하지 못하면 지속될 수 없다. 심지어 모형 조립이나 비디오 게임일지라도 끝나고 나서 성취감이나 기술 향상이 없다면 내일도 하겠다는 마음이 사라진다.

글 쓰는 일도 마찬가지다. 내가 글을 계속 쓸 수 있는 이유는 쓰는 게 즐거워서이고, 또 '쓰기가 인생을 좋게 만들어준다'는 것을 실감하기 때문이다.

글쓰기는 늪과 같다. 쓰면 쓸수록 다 썼다는 보람과 '더 잘 쓸 수도 있지 않을까'라는 자신에 대한 기대와 갈증이 쌓이고, 그것이 다음 쓰기의 동기가 된다. 그리고 쓰기를 통해 자신의 안팎에서 다양한 발견을 거듭하다 보면 '아직 발견되지 않은 보물을 찾아내고 싶다'는 욕구가 생겨 그 다음 쓰기로 이어진다. 빠져나가기 힘든 질퍽한 늪이다. 중독이다.

롤플레잉 게임에서 던전 맨 안쪽까지 탐색하다가 체력(HP)과 회복 아이템이 바닥나서 슬슬 일단락을 짓고 싶지만, 저 문 너머에 보물이 있을 것 같은 아슬아슬한 느낌이 쓰는 행위에는 항상 존재한다.

좋은 인생이란 '기분 좋게 빠져들 수 있는 늪을 얼마나 많이 찾아내느냐'로 결정되지 않을까? 예를 들자면 나 홀로 캠핑, 유튜브, 낚시, 캠핑카, 대히트를 친 인기 게임 '모여라 동물의 숲'…… 인생은 한 번뿐이다. 흥미를 품게 된 것에는 일단 손을 대보고 빠질 수 있는지 시험해보자. 물론 즐길 수 없는 늪은 빠져봤자 귀찮기만 할 뿐이니까 아래에 적어 둔 항목을 체크 요소로 삼아보기 바란다.

① 늪에 빠져 있다는 실감이 드는가?
② 그 늪의 끝에 있는 즐거운 미래를 상상할 수 있는가?
③ 늪에 빠져 있는 상태 그 자체가 즐거운가?

나는 '글쓰기'라는 늪에 빠져 있다. 쓰는 것이 즐거워서 참을 수가 없다. 그리고 쓰기를 통해 편히 살게 되었다. 그런 것을 그대로 글로 썼더니 좋은 인연을 만나게 되고, 책을 쓰거나 연재를 맡게 돼 지극히 평범한 회사원 생활을 계속했다면 경험할 수 없었을 것 같은 인생을 얻게 됐다. 이 '글쓰기' 늪에서는 빠져 나갈 수도 없고, '빠져나가야겠다'는 생각도 없다.

기분이 좋으니까 버릇이 되는 심리를 응용한다

취미도 공부도 일도 뭐든 좋지만 '즐거워서 그만둘 수 없는' 순간을 소중히 여기고 싶다. 영업이라는 일을 하노라면, 계약이 확정됐을 때의 그 기분 좋은 느낌은 다른 무엇과도 바꿀 수 없다. 사내 프레젠테이션을 잘 마무리했을 때나 싫어하는 상사가 자리에서 밀려났을 때도 계약을 따냈을 때의 기막힌 기분에 필적하진 못한다.

그런 기분 좋은 순간이 있고, 그것을 재현하고 싶기 때문에 불볕 아래서 외근 영업이나 진전이 보이지 않는 지루한 상담도 참을 수 있었다.

'포트나이트'나 'PUBG'처럼 요즘 인기 있는 배틀 로열 게임을 연상해보기 바란다. 아무리 주의해도 거의 끝까지 살아남기가 어렵다. 게다가 그 대부분은 얼굴도 모르고 어디 사는지도 모르는 누군가에게 총알 세례를 받고 끝난다. 그러고 도발에 넘어간다. 정말 열 받는다. 하지만 그래도 한 번쯤 거의 마지막 생존자가 되었을 때의 그 좋은 기분을 느끼기 위해서 게임에 접속하고 있다. 한번 그 기분을 맛보게 되면 쉽게 그만둘 수가 없다.

글을 쓰는 것도, 쓰고 있을 때의 고양감과 글쓰기로 얻을 수 있는 것(인생이 좋아진다는 결과)이 있기 때문에 기분이 좋은 것이다. 이 좋은 기분, 상쾌함은 다른 누군가와 나눌 수 있는 것이 아니다. 자신만의 것이다.

최근에는 친구들과 공유할 수 있는 것이야말로 가치 있게 여겨진다. 모두 함께 공통의 화제를 놓고 이야기하는 것은 즐겁다. 반 친구들과 찍은 틱톡 동영상이 인터넷에서 많이 공유되면 굉장히 들뜨게 된다.

하지만 공유할 수 없는 즐거움을 가지는 것도 잊지 않았으면 한다. 앞으로 올 세상은 걸음걸이를 잘못하면 정말 힘들어질 것이다. 그런 세계에서 자신만의 것들을 많이 가지고 무기를 찾아낼 수 있는 사람의 생존율이 올라갈 것이다. 그리고 자신만의 무기는 다른 사람과의 비교 속에 있는 것이 아니라 자기 안에 있는 것이다.

글쓰기와 일상의 선순환

일상 속의 체험 밀도를 높인다

'쓰기'를 의식하면서 세계를 관찰하다 보면 관점이 변하고

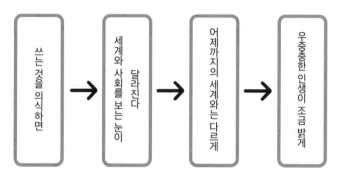

쓰기만 하면 세계를 보는 방식이 바뀐다!

쓰는 것을 의식하면 → 세계와 사회를 보는 눈이 달라진다 → 어제까지의 세계와는 다르게 → 우중충한 인생이 조금 밝게

시야가 넓어지면서 이제껏 보이지 않았던 것이 보이게 된다. 큰 이야기를 하려고 의식하면 저절로 자신의 인생을 큰 이야기가 나올 만한 것으로 만들려는 의식이 작용하고, 다양한 것을 흡수하는 의식이 생겨나 인생을 좋은 방향으로 이끌어 간다.

'쓰는 것만으로 인생이 좋아지는 순환'이 완성된다. 더 깊이 세상을 볼 수 있게 된다. 재미있는 건 더 재미있게 볼 수 있고, 흥미 없는 것에서도 뭔가 도움이 될 만한 것을 끌어낼 수 있게 된다.

출퇴근길 전철 안에 붙어 있는 광고를 자신이 하고 있는 일과 관련지으며 보는 것과 그냥 멍하니 쳐다보기만 하는 것은 같은 시간에 같은 전철을 타고 같은 정보를 접하고 있다고 해도 체험의 밀도가 다르다. 의식을 하느냐 안 하느냐가 같은 것에서 전혀 다른 세계를 보게 해준다.

'쓰기'을 통해 늘 보던 세계를 바꿀 수 있다.

언제. 어디서나. 어떤 것일지라도. 따라서 우리는 '쓰기'를 계속하기만 하면 된다. 나는 딱히 재능 같은 건 없었지만 20년 동안 계속 글을 쓰다 보니 '내 나름의 세계관을 구축할 수 있었다'고 자부한다. 적어도 '독특한 세계관이 있다'고 칭찬받을 만한 수준까지는 도달했다.

세계관 구축과 글쓰기를 계속하는 데 재능은 필요 없다는 것이다.

'나라는 존재'를 내보일 수 있다

쓰는 일은 '나는 이런 인간입니다'라고 주변에 인지시키는 효과가 있다. 예컨대 쓴 글을 블로그나 SNS를 이용해 인터넷에 올렸다고 치자. 그 글을 읽은 사람들은 당신을 이런 글을 쓰는 사람이라고 인식할 것이다. 글을 통해 당신의 세계관을 느끼는 것이다. 저명한 작가의 작품을 접하고 작가의 세계관을 느끼듯이 말이다.

다른 사람들에게 세계관을 느끼게 함으로써 무슨 일이 일어나는가. 찬동하는 사람, 공감하는 사람이 나타난다. '만나보고 싶다'는 사람도 나타난다. 유감이지만 반감이나 적의를 품는 사람, 거부하는 사람도 나타난다.

강고한 세계관을 확립한 사람은 말의 마디마디나 태도, 사소한 행동에서도 세계관과 사고방식이 배어 나오기 마련이다.

세계적으로 카리스마가 있다고 평가받는 사람들의 강연이 우리를 매료하는 이유는 그들이 내보내는 말(말 자체는 단순하고 흔한 경우가 많다)과 거기에서 보이는 그들의 세계관에 공감하기 때문이다. 고급 브랜드가 계속 고급일 수 있는 이유는 세계관에 공감하는 팬이 수없이 많이 존재하고 그들이 그것을 받쳐주기 때문이다.

글을 쓴다는 것은 자신이 어떠한 인간인지를 내보이는 것이다. 공감하는 사람이나 환경을 끌어들인다. 동시에 맞지 않는 사람은 멀리하는 효과도 있다. 글을 계속 쓰면 쓸수록 세계관은 강고해지고 그 세계관에 이끌린 동료들이 모여 환경이 갖춰지게 된다. '쓰기'를 계속하는 것은 당신 자신뿐만 아니라 주변 세계까지 당신에게 좋은 쪽으로 바꿔준다.

함께 세상을 바꿀 동료들이 자연스레 모인다

'글쓰기'로 동료를 얻을 수 있다. 나는 블로그를 통해 밴드를 결성해서 공연을 같이 할 사람을 찾을 수 있었다. 온라인 게임을 함께하는 친구들도 생겼다. 아쉽지만 밴드는 음악성의 차이 때문에 해산되었지만 잘하면 평생 가는 맹우나 지옥 끝까지 함께해줄 소울메이트도 얻을 수 있을 것이다. 글쓰기를 통해 자신이 어떤 인간인지를 파악하고, 자신만의 세계관으로 세상을 바라보면 그것이 무의식적으로 말이나 태도에서 나타나게 된다. 그에 호응해서 마음이 맞는 동료들이 모이게 된다.

　"이런 친구들과 만날 수 있었던 건 진짜 기적"이라는 말을 자주 듣곤 하는데 그건 기적이 아니다. 무의식적으로 말이나 태도를 통해 드러난 사람 됨됨이나 세계관이 많은 이들의 공감을 얻은 데 따른 당연한 결과다.

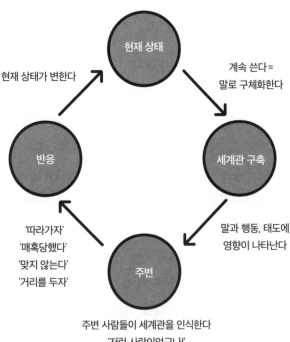

글쓰기를 통해 인생이 좋게 바뀌는 선순환

쓰는 행위는 자신이라는 인간을 만들 뿐만 아니라 주변에 영향을 줘서 인간관계나 환경을 형성하는 행위다. 자기의 말로 쓰기만 하면 점점 환경이 자신에게 좋은 쪽으로 변하게 된다. 이건 마법이라고 부를 수밖에 없지 않겠는가.

쓰기의 힘을 단련해 개성을 키운다

사실이나 현상을 말로 변환하는 방법은 사람마다 다르다

개성은 타고나기도 하지만 꾸준히 노력해서 만들어지기도 한다. 글쓰기는 세계를 관찰한 것들을 자신의 말로 변환하는 행위다. 그 변환 방식은 사람마다 각기 다르다. 그것이 개성이다.

같은 것을 보고 말로 나타낼 때 사람 수만큼 표현이 다양하듯이 개성도 사람 수만큼 다양하다. 그런데 우리는 '개성을 살리지 못했다' '개성이 없다'고 고민하곤 한다. 많은 사람들이 자신의 개성을 깨닫지 못한다. 확실하게 파악하지 못한다. 자신의 개성을 어떻게 표현해야 좋을지 모른다.

꾸준히 글을 쓰다 보면 자기의 개성을 파악할 수 있게 된다. 예를 들어 논점 A에 관한 생각을 종이에 쓴다고 해보자.

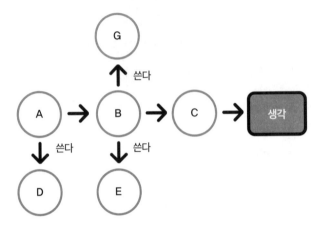

전체를 위에서 내려다본다

'A→B→C' 이렇게 한 방향으로 순서대로 생각할 때는 단순하기 때문에 머릿속에서 의식할 수 있다. 그런데 C까지 진행을 했지만 A로 되돌아가 B와는 다른 방향으로 생각을 전개하거나, B까지 진행하고 나서 세 가지 다른 방향으로 생각을 확장하는 것처럼 복잡한 사고를 하게 되면 전체적인 요점의 관련성을 머릿속에서 인식하기가 굉장히 어려워진다.

종이에 써서 남기면 한눈에 위치 관계를 파악할 수 있다. 그리고 조감하듯이 바라봄으로써 자기 사고의 특징을 알 수 있게 된다.

'특징=개성'이다. 이렇게 '나는 어떤 생각을 하는 사람인가'를 쓰면서 계속 명확하게 하다 보면 자신의 개성을 금방 찾을 수 있게 된다.

개성을 단련하려면 '쓰기'밖에 없다. '쓰고 버리기'면 된다. '아무튼 쓰는 것'이다. 그것이 세계관을 구축할 유일무이한 방법이다.

다른 사람의 말을 듣거나 책을 읽는 것은 '영양'이다. 그걸 섭취하면서 쓴다. 근력 운동처럼 꾸준히, 흥미를 느낀 것을 자신의 말로 구현해 간다. 지루한 작업이다. 하지만 재능은 거의 필요 없다. 쓰기만 하면 된다.

왜 쓰지 않으면 안 되는가? 그건 바로 머릿속에서 하는 생각은 어설프기 때문이다. 머릿속에 이미지나 말을 떠올리는 것은 뜬구름을 잡는 것과 마찬가지다. 좋은 아이디어가 떠올라도 형태를 만들기 전에 잊어버리기도 하고, 형태로 만드는 과정에서 구상 단계에서는 몰랐던 결함을 비로소 알게 되는 사례들은 얼마든지 있다.

실제로 글을 씀으로써 말로 변환되어야 자신의 것이 된다. 머릿속에서는 멋진 글이었지만 실제로 써보니 문제가 많은 글이었던 경우는 드물지 않다.

실제로 써보지 않으면 어디가 좋은지 나쁜지도 알 수 없다. 머릿속에서는 판단 기준이 자기 머리밖에 없다. 평가나 판정도 후해진다.

목욕을 하고 있을 때 문득 머리에 떠오른 콧노래가 명곡처럼 느껴지는 경험을 해본 적이 있다. 이렇게 머릿속의 자기 평가는 근거 없는 달콤한 말이 되기 십상이다. 그러나 종이에 써보면 머리(사고)에, 눈(시각)과 손(동작)이라는 심판이 추가된다. 말로 변환할 때 더 올바르게 판단할 수 있고, 단련할 수 있다.

'쓰기'는 '생각'보다 품이 많이 든다. 귀찮다. 피곤하다. 하지만 품을 들이는 만큼 판단이 정확해진다. 그래서 '쓰기'에는 중요한 가치가 있다.

계속 쓰다 보면 도달할 풍요로운 미래

하다 보니 시대에 뒤떨어진 주장으로 들릴지도 모르겠다. 하지만 이 이야기에 거짓은 없다. 이 책에서 내가 집요하게 이야기한 쓴다는 것, 세계관을 구축하는 쓰고 버리기, 이야기가 나에게 무기가 되어 인생을 더 좋게 만들었다는 것은 전부 내가 경험한 일이다.

글을 쓰기 시작한다고 해서 당장 한 치 앞도 안 보이는 깜깜한 인생이 반짝반짝 눈부시게 변하지는 않는다. 다만 쓰다 보면 조금씩 빛이 비치게 된다. 처음에는 가느다란 광선이다. 계속 쓰다 보면 광선이 점차 굵어진다. 재능이나 우연에 기대지 않고 꾸준히 쌓아 가는 방법이기 때문에 다소 시간은 걸리지만 확실하다. 그리고 매일이 즐겁다고 실감할 수 있기에 계속할 수 있다. 평범한 회사원인 내가 인터넷에 시덥잖은 글을 계속 써서 올린 결과, 상 받기 경쟁에 뛰어들거나 출판사에 매달리는 일 없이, 공감해주는 사람들이 모이고 힘을 빌려줘서 이렇게 책을 낼 수 있는 것 자체가 그것을 증명한다.

쓰자. 이야기하자. 말은 쉬워도 좀처럼 할 수 있는 일이 아니다. 몹시 귀찮게 생각하는 게 보편적인 감각이다.

하지만 만약 당신이 인생에 대해 고민 중이거나 지금 상태가 꽉 막혀 몹시 답답하거나, 아무튼 뭐라도 하지 않으면 안 되겠다 싶지만 어떻게 해야 좋을지 몰라 마냥 막막하다면, 속는 셈치고 종이와 펜을 꺼내 '내 마음을 불법점거하고 있는 것'에 대해 써서 버려보기 바란다.

글을 쓰면 틀림없이 고민이 말로 분해된다. 적어도 무엇 때문에, 왜 고민하고 있는지는 파악할 수 있게 된다. 한번 쓰기 시작했다면 그 다음은 계속하기만 하면 된다. 글을 씀으로써 스스로 바뀌고, 미래의 인생과 주변 세계가 좋은 쪽으로 움직이게 된다.

최초의 한 걸음. 자전거를 탈 때 가장 힘이 필요한 것은 처음 한번 페달을 밟을 때의 망설임이다. 그것과 같다. 그 다음은 힘을 들이지 않더라도 앞으로 나아간다. 한번 흐름을 타게 되면 힘들일 필요가 없어진다. 자유로워진다. 우선은 페달에 발을 얹는 것부터 시작하자. 대다수의 사람들이 페달에 발을 얹기조차 하지 않는 지금이야말로 그것을 시작할 기회.

| 정리 |

- 쓰기만으로 인생이 호전된다.

- 경험은 공유될 수 없는 자신만의 것이다.

- 글쓰기로 자신을 둘러싼 세계를 바꿀 수 있다.

- 세계관이 구축되면 같은 뜻을 지닌 사람들이 모인다.

- 필요한 것은 처음 자전거를 탈 때만큼의 작은 용기다.

학습 소설
'잼 아저씨의 글쓰기 수업'

1화 _ '쓰고 버리기'와의 만남

도쿄 미나미아오야마에 본사를 둔 후미코 식품 주식회사는 창업 60년이 지난 중견 기업이다. 그 후미코 식품의 어묵을 본 뜬 사옥 5층 구내식당에서 한 사원이 머리를 싸매고 있었다.

월요일 오후 3시. 한창 일에 쫓길 시간에 "답이 보이지 않으니 잠시 머리 좀 식히고 오겠습니다"라는 말을 남기고 나가는데도 어느 한 사람 책망하지 않는 모습은 그에 대한 주변의 눈곱만 한 기대치를 드러내고 있었다.

그의 이름은 가케나이 후미오. 30살. 독신. 영업기획부의 희망으로 불렸던 건 5년 전까지 이야기다. 현재의 후미오는 유망한 후배에게 밀려나 내리막길로 들어선 상태다.

후미오는 식당 끝자락에 있는 식탁에 엎드린 채로 "아자!" 하고 외쳤다. 후미오는 고민에 빠져 있었다.

3일 후에 열릴 사내 프레젠테이션 아이디어가 떠오르지 않았다. 심술궂은 동료들의 처사. 당장 치고 올라올 듯한 유망한 신입 사원들의 압박. '이대로 여기서 일을 계속해도 괜찮을까.' 미래에 대한 불안. 이런 고민들이 뒤죽박죽이 되어 후미오를 괴롭히고 있었다.

고민하는 후미오를 뒤에서 바라보는 남자가 있었다. 손에는 식탁을 닦는 행주를 들고, 흰 옷은 앞섶을 열어젖힌 채 주머니에 셰프 모자를 찔러 넣은 남자는 어림잡아 60세. 건장한 체격. 하얗게 센 곱슬머리. 어디에 내놔도 부끄럽지 않을 '식당 아저씨'다.

그리고 그는 '호빵맨'에 나오는 잼 아저씨와 놀라우리만치 닮았다.

잼 아저씨와 흡사하게 생긴 이 남자는 식탁에 엎드린 후미오의 뒤로 가서 서더니, "거기 고민하는 청년!" 하고 후미오의 어깨를 철썩 치며 말을 걸었다.

"으악! 뭡니까? 깜짝 놀랐잖아요." 후미오는 고개를 들었다.

"고민하고 있군. 고민하고 있어. 얼굴에 다 씌어 있어."

"예? 거짓말이죠?"

"아니, 진짜라니까. 왕창 나와 있어. 이대로라면 자네, 고민 때문에 죽어."

"농담 그만하세요."

"아니, 진짜야, 진짜."

"재수 없는 소리 하지 마세요."

후미오가 자리를 뜨려 하자 잼 아저씨는 "고민을 여기에다 써보도록 해. 깨끗하게 싹 사라질 테니까"라며 주머니에서 종이를 꺼냈다. 뒤에는 "오늘의 특별 정식 / 고등어 된장조림"이라고 검고 굵은 글씨가 커다랗게 적혀 있었다.

"일이 있어서 저는 이만" 하고 후미오가 떠나려 하자, 잼 아저씨는 갑자기 "차렷!" 자세를 잡더니 "저는 글쓰기를 좋아합니다!"라고 큰 소리로 말했다.

후미오는 깜짝 놀랐다. 잊으려야 잊을 수 없는 입사 시험. 그때 너무 긴장한 나머지 전날 밤 고민에 고민을 거듭해서 짜낸 자기소개가 증발했을 때 될 대로 되라는 식으로 한 말이었기 때문이다.

"저는 글쓰기를 좋아합니다!" 그걸 어째서 잼 아저씨가 알고 있는 거지? 설마 신인가? 후미오는 잼 아저씨의 손에서 종이를 낚아채서는 식탁으로 가서 앉아 지금 고민하고 있는 것들을 쓰기 시작했다……

"별 이상한 아저씨를 다 봤네."

그날 밤, 후미오는 침대에 벌렁 드러누워 하루를 돌아보고 있었다. 낮에 그 일이 일어났을 때 잼 아저씨가 "다 썼으면 쓰레기통에 버리면 돼, 고민이 사라질 거니까"라고 하길래 후미오는 그 말대로 고민거리를 적은 종이를 뭉쳐서 식당 쓰레기통에 버렸다.

놀랍게도 그렇게 고민하던 것들이 가벼워져 있었다.

잼 아저씨가 "그래 그래, 그 프레젠테이션 테마는? 마감은 언제고?" "동료들이 괴롭혀? 매일이야? 아님 가끔이야?" "지금 하는 업무가 싫어? 아니면 이 회사가?" 이렇게 재촉하는 대로 후미오는 고민을 분해하듯이 적어 내려갔을 뿐이다.

"그 아저씨, 내가 글쓰기를 좋아하는 걸 어떻게 알고 있었던 거야?" 이것이 후미오와 잼 아저씨의 '쓰고 버리기' 시작이었다.

정리

쓰고 버리기로 고민을 가볍게 만들기는 앞에서 얘기했던 것과 같다.

후미오처럼 "글쓰기가 좋아"라고 말하는 사람은 많다. 글쓰기가 좋으면 각자 자유롭게 쓰면 된다. 한마디만 하자면, 개인적으로 글을 쓰는 것과 불특정 다수가 읽을 글을 쓰는 건 전혀 다르다는 것만은 유의했으면 한다.

예를 들어 블로그처럼 누군가에게 읽힐 것을 전제로 한 글을 쓸 경우, 때로는 초대하지 않은 독자들에게 읽힐 수도 있다. 독자의 반응은 긍정부터 부정까지 다양하며 심하면 비방하고 중상하는 악플을 받을 수도 있다. 따라서 어느 정도 걸러서 볼 필요가 있다. 부정적인 의견을 들어도 자신이라는 존재가 전부 부정당하는 것은 아니다. 쿨하게 받아넘기자. 인터넷 서점 리뷰를 보라. 많은 명저들에도 부정적인 의견이 달린다. 말하자면 모든 사람을 완벽하게 만족시킬 수 있는 글은 존재하지 않는다는 것. 스티븐 킹이든, 무라카미 하루키든.

좋고 나쁨과 관계없이 반응은 참고로만 받아들이면 된다. 글쓰기를 정말 좋아한다면 누구에게 사랑을 받든 받지 않든 쓸 수 있고, 끝까지 다 쓸 수 있다.

좋아한다는 마음과 해보고자 하는 마음을 소중히 여기자.

"글쓰기가 좋고, 좋고, 너무 좋으면 그 마음을 소중히 하라."

2화 _ 쓰고 싶은 것과 진지하게 대면하라

후미오와 잼 아저씨가 구내식당에서 만나고 나서 2주일이 흘렀다. 후미오는 그날도 또 5층에 있는 구내식당 서쪽 끝 식탁에서 잼 아저씨의 유도에 따라 '쓰고 버리기'를 계속하고 있었다.

2주일 동안 극적인 일이 있었다. 고민의 원인이었던 사내 프레젠테이션을 무난하게 통과한 것이다. 쓰고 버리기를 통해 문제점이 명확해져서 대책을 강구할 수 있었다.

후미오는 일단 잼 아저씨가 하는 말을 믿어보기로 했다. 지푸라기라도 부여잡는 심정이었다.

특히 업무가 한창 바쁜 시간대인 오후 3시에 빠져나올 수 있었다는 것은 직장에서 후미오의 흐릿한 존재감이 여전히 변함없다는 것을 의미했다.

"고민을 쓴다." "자신의 말로 분해한다." "쓴 것을 눈으로 확인하고 나서 버린다." "흥미가 있는 것을 쓴다." 후미오는 잼 아저씨의 이런 가르침을 충실하게 따르며 '쓰고 버리기'를 계속하고 있었다.

잼 아저씨는 가끔 식당 홀에 나와서는 후미오의 작업을 들여다보곤 "아~" "그럼……." "하는 수 없나" 이렇게 불안을 부추기는 말을 남기고는 셰프 모자를 고쳐 쓴 뒤 주방으로 돌아갔다. 그 입언저리, 입꼬리가 씨익 올라가 있음을 후미오는 몰랐다.

후미오는 자기 안에서 끓어오르는 생각을 알아채고 있었다. 종이 뒷면(그날의 특별 정식은 낫토 카레였다)에 자신의 생각을 자신만의 말로 쓰던 중에 '더 쓰고 싶다' '글을 써보고 싶다'는 뜨거운 충동이 솟구치는 것을 느꼈다.

후미오는 잼 아저씨의 눈을 피해 '쓰고 버리기'가 아니라 글을 쓰기 시작했다. 그런데 전혀 쓸 수 없었다. 이상한 일이었다. '쓰고 싶은 것'이 있는데 쓸 수가 없었다.

"아, 이건 '사랑받는 글 쓰고 싶어 신드롬'이란 거여." 잼 아저씨의 목소리가 들렸다. 잼 아저씨는 언제부터 거기 있었는지 후미오 뒤에 서서 후미오의 중단된 글을 들여다보고 있었다.

아무 대꾸도 하지 못하는 후미오를 내버려 두고 잼 아저씨는 "자네, 많은 사람들이 읽어줬으면 하는 글을 목표로 삼고 있지 않나? 사랑받는 글을 목표로 하고 있는 거 아냐?"라고 물었다.

"으윽, 왜 그걸……."

핵심을 찔렸다.

"이런 바보 같은! 남의 눈을 신경 쓰면서 글을 쓰려 하다니, 아직 1억 년은 일러! 쓰고 버리기를 계속하면서 쓸 거리가 만들어지고 있었는데. 우선은 형식 따위는 생각하지 말고 글과 씨름하지 않으면 안 돼. 다시 한번 기초부터 다시 해야지."

후미오는 쓰고 버리기를 시작했다. 처음에 비해 말로 구체화하는 변환 작업이 쉬워지고 쓸 수 있는 말이 점차 늘어나는 것이 느껴졌다. 그리고 그의 내부에서 쓰고 싶은 것이 싹트려 하고 있었다.

안 팔리고 남은 낫토 카레 냄새가 진동하는 주방에는 식당 테이블 앞에 앉아 홀로 글과 씨름하는 후미오를 바라보며 눈을 가늘게 뜨고 있는 잼 아저씨가 있었다.

정리

Q "많은 사람들에게 읽힐 수 있는 글을 쓰고 싶은데 요……."

A 우선 '읽힐 수 있는 글'을 정의해보도록 하자. 블로그라면 조회 수를 추구할 것인가, 읽기 편한 블로그를 지향할 것인가? 나는 조회 수나 읽기 편함 같은 것에 대해 생각한 적은 한 번도 없다. 좋아서 하는 일이기 때문에 내 멋대로 할 뿐이다. 그래서 블로그 쓰는 법을 가르치는 인터넷 기사를 읽으면 '독자를 의식하는 것'이 본질에서 벗어난 것처럼 느껴져서 참을 수가 없다.

"줄 바꾸기를 자주 할 것" "세련된 작은 제목을 붙인다" "눈에 잘 띄는 제목을 생각해보자" "요약 난을 만든다" "읽어준 사람에게 감사의 말을 잊지 않는다" 등 형식은 중요하다. 하지만 '형식이 갖춰져 있다'와 '읽고 싶어진다'는 등호로 이어지지 않는다. 형식은 따라오는 것이고, 내용이 먼저 와야 한다. "저 블로그는 줄 바꾸기가 깔끔하게 돼 있는 데다 감사의 말도 적어놔서 또 읽고 싶어요"라고 말하는 사람은 없다. 독자가 원하는 것은 글의 내용이고, 쓰고 있는 사람과 그 세계관에 대한 흥미다. 우선은 겉모습과는 상관없이 '나만이 쓸 수 있는 것'을 쓰는 데 주력해야 한다. '무언가를 참고하고 싶다'는 의식이 '쓰는 것'에서 순수함을 사라지게 만들 수도 있다.

"내용이 먼저고, 읽기 편한지 여부는 그 다음이다. 읽기 편한지 생각하기 전에 쓰고 싶은 걸 파고들자."

Q "독자에게 사랑받는 글이란 어떤 것일까?"
A 모르겠다. 패션 잡지의 특집에 잘 나오는 '사랑받는 코디' 같은 것일까?

말할 필요도 없이 '받다'는 수동적인 말이다. 그것은 타자의 행동이나 기분에 의존한다는 뜻이기도 하다. 자신의 힘으로는 어쩔 수 없는 것을 행동의 근거로 삼지 않는 것이다. 당신은 자신이 쓴 글이 사랑받지 못하면 글쓰기를 그만둘 것인가?

그건 굉장히 안타까운 일이다.

일을 하다 보면 때로는 자신의 생각을 죽이고 고객의 의향에 따라야만 하는 일이 생긴다. 조직이나 예산, 상사 때문에 행동에 제약이 생기는 경우도 종종 있다. 거기에 완전한 자유는 없다. 하지만 '글쓰기'는 완전히 자유롭다. 자신의 마음이 가는 대로, 내가 하고 싶은 대로 쓸 수 있다. 모처럼 주어진 자유에 제약을 거는 것은 어리석다.

자유는 자신이 운전할 수 있는 차다. 그 핸들을 다른 사람에게 맡겨서는 안 된다. 이것은 인생 전반에도 적용되는 얘기다. 사랑받든, 사랑받지 못하든 인생은 죽을 때까지 계속된다. 끝이 있는 삶, 끝이 있는 자유에 굳이 제한을 가하는 짓은 하지 말아야 하지 않겠는가.

"내 자유를 다른 사람에게 맡기지 말자."

3화 _ 쓰고 싶은데 쓸 수 없다

그날 오후, 회사의 남자 화장실에서 후미오를 볼 수 있었다. 화장실 한 칸에 틀어박힌 지 이미 10분이 지나 있었다. 고민에 빠질 때면 속이 훤히 보이는 행동을 하는 것은 그의 좋은 점 중 하나였다.

그는 칸 바깥에서 인기척이 사라진 것을 확인하자 한숨을 쉬었다. 그러고 나서 "쓰고 싶은 마음은 있는데 전혀 쓸 수가 없네. 기술만 있으면 쓸 수 있는데. 젠장!" 하고 소리쳤다. 고민이 일정한 수준을 넘어서면 소리를 내지르는 것이 후미오의 습관이었다. 누가 좀 신경을 써줬으면 좋겠지만 한편으로는 그냥 가만 내버려 두기를 바란다. 까다로운 중2병이다.

"자네, 기술 탓을 하면 못 쓴다네."

잼 아저씨의 목소리가 위에서 들려왔다.

변기에 앉은 채로 고개를 들어 올려다보니, 거기에는 옆 칸에서 칸막이 너머로 후미오를 내려다보는 잼 아저씨의 얼굴이 있었다. 마치 벽 너머에서 목 윗부분만 내밀고 있는 '진격의 거인' 같았다.

"기술 탓 아니거든요. 못 쓰는 거."

후미오는 잼 아저씨가 어떤 꼴을 하고 있는지 상상하려다가 생각을 강제 종료했다. 그리고 받아쳤다.

"쓰고 싶은 주제가 있는데 전혀 쓸 수가 없어요. 쓰는 방법만 알 수 있으면 술술 쓸 수 있을 거라고 생각했는데……."

"자네, 지금 왜 여기에 있는 겐가?"

뭐지 이건, 선문답인가?

후미오는 변기에 앉은 채로 팔짱을 끼고 생각에 빠졌다. 화장실 칸막이 안에 틀어박혀 있는 건 어째서인가?

"땡땡이요."

"자네는 바보인가……."

"고민하는 티를 내고 싶으니까요."

"자네는 멍청이인가……."

하나도 모르겠다. 바지를 내린 채로는 차분히 생각할 수 없다.

젬 아저씨는 "자네는 지금 어디에 앉아 있는가?"라고 후미오에게 질문했다.

어디냐니……. 화장실 변기다. "변기인데요."

"변기에는 왜 앉아 있는 겐가?"

…… 후미오는 순간 정신이 번쩍 들었다. 이렇게 간단한 것을 모르고 있었다니!

"○을 싸기 위해서!"

"드디어 눈치챈 겐가. ○을 싸는 데에 어려운 기술이 필요한가?"

벨트를 풀고 바지와 팬티를 내리는 것. 그것뿐이다.

"필요 없습니다."

후미오는 며칠 전에 젬 아저씨한테서 "쓸 것이 준비가 되면 ○을 싸듯 자연스레 쓸 수 있게 된다"라는 가르침을 받았음을 떠올렸다. 그때는 "카레 먹고 있는데 그걸 굳이 지금 말해야 하나" 하고 흘려들었다.

쓸 것이 자기 안에 만들어져 있다면 쓸 수 있다!

"이제야 깨달은 모양이군. ○ 쌀 때 싸는 것 말고 따로 생각할 게 있나?" 듣고 보니 그 말이 맞다. 그는 쓰고 싶은 것을 쓸 때 쓸데없는 것들을 너무 많이 생각했다.

존경하는 무라카미 하루키 선생님 같은 글을 쓰고 싶다.

서툰 글을 쓰면 부끄럽다.

그런 걸 생각하고 있으면 쓸 수 있는 것도 쓸 수 없다.

"빛이 보입니다!"

"가거라. 빛이 비치는 곳으로. 그 전에 말일세."

"뭡니까?"

"휴지 좀 빌려줘. 이 칸 휴지를 다 쓰고 안 채워놓은 몹쓸 놈이 있어서 말이지……."

후미오는 알궁둥이를 드러낸 아저씨의 모습을 상상하고 말았다.

귀가한 후미오는 쓸데없는 생각을 하지 않고 자신이 쓰고 싶은 것을 썼다. 짧은 에세이다. 다시 찬찬히 읽어보니 한심했다.

하지만 후미오는 만족했다. 태어나서 처음으로 자신의 의지로, 자신이 쓰고 싶은 것을 끝까지 쓰고 이제껏 맛본 적 없는 충만함에 가득 찼기 때문이었다. 결점이나 부족한 부분은 많았다. 하지만 가야 할 길이 보였다. 다음에는 무엇을 하면 좋을지를 알았다.

"○ 모양이 아무리 추해도 내보내면 상쾌해지잖아. 글쓰기도 똑같은 거야!" 잼 아저씨가 휴지를 받아들면서 그렇게 말했지…….

"그 사람, 뭐하는 사람일까……."

후미오는 졸음과 씨름하며 생각해봤다. 하지만 정체를 알고 싶어도 알 수가 없었으므로, 오래지 않아 후미오는 생각하기를 멈추었다.

정리

Q "쓰고 싶은 생각이 꽉 들어찼는데 기술이 없어서 못 쓰겠어요……."

A 이 고민은 간단히 해결할 수 있다. 글을 쓰는 데 기술은 필요 없다. 따라서 기술이 없어서 못 쓴다는 문제는 발생하지 않는다. 어느 정도 글 수준에 이르지 않으면 글을 쓸 수 없다는 법률이 있는 것도 아니다.

'쓸 것이 없다'는 건 있을 수 있다. 하지만 기술이 부족해서 못 쓴다는 건 있을 수 없다. 기술이 없는 탓에 쓸 수 없다고 책임을 전가해버리면, 쓰지 않겠다는 의욕 차원의 문제, 의욕에 따라 이럴 수도 있고 저럴 수도 있는 문제를 피해 가는 일종의 '도피'라고 나는 생각한다.

분명 아주 굉장한 글을 쓰는 사람은 존재한다. 그런 사람들과 자신의 글을 비교하며 "이런 문호와 같은 사람이 활약하는 무대에 과연 나의 치졸한 글을 올릴 수 있을까?"라며 겁을 먹을 수는 있다. 하지만 기껏 '글을 쓴다'는 자유를 손에 넣었는데 누군가와 비교하면서 자유를 포기하는 것은 아까운 일이다. 같은 일을 하니 비교하는 것이다. 자신만이 할 수 있는 것을 목표로 삼자. 다른 사람과 비교할 수 없는 곳으로 가겠다는 의식을 가지면 된다. 명예가 있고, 의도가 있는 높은 경지를 추구하자.

"똑같은 걸 하지 않으면 비교하지 않는 존재가 될 수 있다."

Q "저 사람이 쓰는 글과 같은 글을 써보고 싶어요."

A '동경하는 존재가 있다'는 것은 그것 자체로 행복한 일이다. 미국 메이저 리그 무대에서 뛰었던 야구 선수 스즈키 이치로가 고시엔 단골 출전학교를 방문해 기술 지도를 한 적이 있는데, 지도를 받은 야구부 학생들에게는 그것이 틀림없이 무엇과도 바꿀 수 없는 소중한 경험이 되었을 것이다. 프로 스포츠 선수나 유명 뮤지션의 인터뷰에서 어렸을 적 동경하던 존재를 쫓다가 지금의 자리에 오르게 되었다는 이야기를 듣곤 한다. '동경'이란 자신을 견인해주는 기관차와 같다. '동경하는 대상에게 조금이라도 더 가까이 가고 싶다'는 마음이 있다면 소중히 여기도록 하자.

다만 글을 쓸 때는 '동경하는 대상에게 다가가고 싶다'는 마음을 최소한으로 억누르는 게 좋다. '그 사람처럼 글을 쓰고 싶다'는 마음이 너무 강해지면 자칫하다 동경하는 상대를 모방해서 양산형 글을 써버리기 쉽다. 자신을 위해 시작한 글쓰기다. 기껏 쓴 글이 모방품이라면 안타까울 것이다. 동경이라는 감정은 사람을 바꿔버릴 정도로 강하다. 사람들은 무의식중에 동경하는 대상에게 영향을 받게 된다.

일부러 동경하는 존재와 거리를 두는 정도면 된다. 이미 영향은 받았다. 나는 글을 쓸 때, 특히 (이 책을 집필할 때도 그랬지만) 긴 시간을 들여서 글을 쓸 때에는 동경하는 작가들의 글은 가까이하지 않으려 한다.

"동경은 강하다. 일부러 거리를 두는 정도가 딱 좋다."

4화 _ 소재는 없는 것이 당연하다

남자 화장실에서 잼 아저씨에게 휴지를 건네주고 나서 일주일이 지났다.

그동안 후미오는 정신 나간 사람처럼 자신의 안테나에 걸린 것들에 대해 쓰고 버리기를 계속했다. '쓰고 싶은 것'이 끓어올랐을 때에는 동료가 한잔하러 가자고 유혹해도 거절하고 곧장 집으로 돌아가 글을 썼다.

유감스럽게도 아직 만족할 만한 글은 쓰지 못했지만 후미오의 표정은 밝았다. 왜일까?

충만한 기분이었기 때문이다. 상사에게 질문을 하면 "제법 좋은 질문을 하는군"이라며 칭찬을 받기도 했다. 좀 어렵게 읽고 있던 경영 잡지 내용이 머릿속으로 술술 들어오기도 했다. 차를 몰 때 예의 없는 운전자 때문에 좀 화가 나도 크게 성질내는 일 없이 지나칠 수 있었다. 예전에는 아마 무시했을 텐데, 횡단보도를 힘겹게 건너는 어르신의 손을 잡고 같이 건너기도 했다.

잼 아저씨가 "쓰고 버리면 인생이 바뀐다"는 가르침을 주긴 했지만 이렇게까지 긍정적으로 살 수 있게 되리라고는 생각지도 못했다.

하지만 이제 막 인생 최고로 충만한 시기에 들어가려는 후미오의 표정은 지금 어둡다. 왜일까? 또다시 글쓰기의 벽에 부딪힌 것이다. 스스로 초래한 사고였다.

월요일 오후 7시. 비가 내렸다. 후미오는 미나미아오야마역 부근의 카페에 있었다. 그는 창가 테이블에 앉아 노트북을 열었다. 밖에서 보이는 곳에 앉은 이유는 '앞을 지나가는 사람들에게 일 잘하는 사람처럼 보였으면 좋겠다'는 답 없는 허영심 때문이었다. 문제는 열어놓은 워드 프로세서에 단 한 글자도 없다는 것이었다.

후미오의 고민은 바로 자기가 쓴 글이 재미없다는 것이었다. 그는 글쓰기에 대한 저항이 사라지고 글쓰기의 즐거움을 알아 가는 중이었다. 그러나 자신이 쓴 글이 재미없어 절망하고, 그 때문에 기껏 배운 글쓰기의 즐거움이 줄어들어 '글쓰기가 재미 없다'고 생각하기 시작한 것이다.

"아, 재미있는 걸 못 쓰겠어!"

후미오는 새하얀 진열 조명을 받을 것을 계산하고 절망스러운 표정을 지어 보였다. 물론 거기에는 길 가는 사람들에게 '미나미아오야마 카페에서 창조적인 고민을 하고 있는 사람'으로 보이고 싶다는 얄팍한 사심이 있었음은 말할 필요도 없다.

"그 재미있는 게 뭔데?"

오른쪽 옆에서 익숙한 목소리가 들렸다.

목소리가 들린 쪽으로 고개를 돌리자, 구내식당 아저씨가 아이스커피가 담긴 유리잔에 꽂힌 빨대를 물고 있었다.

잼 아저씨는 미나미아오야마의 카페에는 어울리지 않게 야채가 가득 든 비닐봉투를 바닥에 놓아두고 있었다.

"새로운 특식을 시도해보려고 재료를 사 왔다네."

잼 아저씨가 말했다.

후미오는 월요일 저녁부터 연구에 몰두하는 잼 아저씨의 만족할 줄 모르는 도전 정신을 존경했다. 그렇게 겸허하게 생각하게 된 것도 '쓰고 버리기'를 통해 생겨난 후미오의 변화 중 하나였다. 예전처럼 일은 일, 사생활은 사생활로 분명하게 구분해서 생각했다면 '굳이 여가 시간을 쓰면서까지 일 연구를 할 필요가……' 하고 무시했을 것이다.

"자네가 말하는 재미는 누구를 위한 재미인가?" 잼 아저씨가 물어왔다.

"저한테죠. 당연한 거 아닙니까?"

"참말로? 막 쓰기 시작했을 땐 재밌지?"

"예."

"쓰고 있을 때도 재밌지?"

"예."

"다 쓰고 나서도 재밌지?"

"아뇨. 다시 읽어봐도 재미가 없다고 해야 할까, 이거 읽고 저 말고 '누가' 재미있을까 싶어서."

"아하, 그게 문제였구먼. '누가'라니, 그거 자네 말고 딴 사람 눈이 들어가 있잖은가?"

"어, 진짜네!"

미나미아오야마의 세련된 카페에서 어두운 표정의 회사원과 곱슬머리 아저씨가 연상 게임에 빠져 있는 모습은 까놓고 말해서 좀 으스스했다.

"사실은 작가가 된 기분이 들어서……." 후미오가 고백하자 "독자를 의식해버렸네" 하고 잼 아저씨가 덧붙였다.

"어리석구먼. 딱 까놓고 말하겠네. 남이 뭘 재밌어할지는 알 수 없으니까 자기가 재밌다고 생각하는 걸 추구하게나."

잼 아저씨는 말했다.

후미오가 뭔가 대꾸하려는 것을 제지하고 잼 아저씨는 계속했다.

"아암, 알지. 독자의 눈높이가 돼보려는 거겠지?"

후미오는 고개를 두 번 끄덕였다. 마치 바보 같았다.

잼 아저씨가 계속 말했다.

"독자의 눈높이에서 보면 뭐 재밌는 걸 쓸 수 있겠나? 도대체 독자 눈높이라는 게 재밌는 건가? 애초에 독자 눈높이라는 건 어차피 '내가 생각한 독자 눈높이' 아닌가. 그런 거 의식하는 건 시간과 칼로리 낭비니까 관두게나."

"그럼 어떻게 하면 좋은데요?"

후미오가 물었다.

"적어도 글을 쓸 때는 좋은 사람이려고 할 필요가 없네. 서비스 정신 따위 던져버려."

잼 아저씨가 말하는 기세에 눌린 후미오는 "알겠습니다"라고 대답하고 말았다.

"이참에 한마디 더하자면,"

잼 아저씨는 히죽히죽 웃으며 말을 이었다.

"소재 찾기 같은 거 때려치워. 이것도 누구 보라고 재밌는 걸 쓸 때 빠지기 쉬운 함정인데 말이야."

"나 자신에게 재밌을 만한 걸 쓰려고 해도 소재는 필요하잖아요?"

"아니, 아니야. 아직 미숙하구먼, 자네." 잼 아저씨는 곧게 편 집게손가락을 흔들었다. "저언혀 아닐세. 아주 아주 잘못됐어."

후미오는 뭐가 잘못된 건지 알 수 없었다. 모르니까 열받았다. 쓰고 버리기를 해서 '모르는 것'을 없애버리고 싶은 욕구에 사로잡혔다. 그와 반대로 잼 아저씨는 여유만만이었다.

"소재를 찾으려고 하면 소재밖에 안 보이게 된다네."

잼 아저씨가 갑자기 분위기를 바꾸며 목소리를 내리 깔았다.

후미오는 저도 모르게 등줄기를 곧추세웠다. 그리고 잼 아저씨가 "소재란 건 말이야, 대체로 누구에게나 재밌는 거야. 문제는 그 그늘에 있는 재밌는 것을 놓쳐버리는 걸세"라고 말하자 후미오는 충격을 받았다.

소재를 너무 열심히 찾은 나머지 재미있는 진짜 소재를 놓치고 있었던 건가……. 후미오는 어깨를 축 늘어뜨렸다.

"알겠습니다. 소재 찾기는 그만 두겠습니다."

후미오는 쥐어짜듯이 말했다.

그때였다. 카페에 '슈퍼 전대'(파워레인저) 5인조 코스프레를 한 남녀가 들어와서 계산대 앞에서 포즈를 취했다. 가게 안은 돌연 활기를 띠기 시작했다. 좋은 소재를 찾았다는 듯 맨 앞줄로 달려 나가는 후미오의 모습을 보며 "아직 시간이 더 걸리겠구먼……" 하고 잼 아저씨는 한숨을 쉬었다.

정리

Q "재밌게 쓰지 못하겠어요……."

A 재미있는 걸 쓸 필요는 없다. 단도직입적으로 말하면 내가 재밌으면 그만이다. 내가 재밌다고 믿는 것을 쓰고, 거기에 공명해주는 사람이 있다면 '잘됐다'고 여길 정도의 가벼운 기분으로 쓰도록 하자.

모든 사람들이 좋아할 만한 걸 쓰려다가 평범한 글을 쓸 바에야 쓰고 싶은 걸 자유롭게 써서 도드라지는 편이 훨씬 낫다. 세상에 영합해서 인기를 노린 글을 써서 평가받는 것과 자신이 재밌다고 믿는 걸 완성해서 평가받는 것, 어느 쪽이 행복할까?

전자 쪽에는 먼저 시도한 사람들이 있기 때문에 성공 가능성이 어느 정도 높을 것이다. 후자는 전자에 비해 미개척지를 열어 가야 하기 때문에 산고를 겪게 될 것이다. 전례가 없기 때문에 헛발질을 할 가능성도 높다. 어느 쪽이 좋고 나쁜지의 문제가 아니다. 자신이 뭘 하고 싶은 것인지가 중요하다.

전문가는 사람들을 끌어모으지 않으면 안 되기 때문에 알기 쉽고 전달되기 쉬운 재미를 만들 수 있지만, 그들도 빗나가는 경우가 많다. 따라서 재미있게 쓰려는 생각은 하지 않는 게 좋다.

"내가 재미있다고 믿는 걸 쓰면 된다."

Q "소재는 어떻게 찾으면 될까요?"

A 소재를 찾느라고 애먹는 사람들이 많은 모양이다. 나는 소재를 찾으려고 한 적이 없다. 눈에 핏발을 세우고 소재를 찾으려고 애쓸 만한 에너지도 없다.

글쓰기란 자기표현이다. 자기 안에 있는 것을 자신의 말로 표현하는 것이다. 다시 말해 쓸 거리는 항상 자기 안에 있다. 평소 생활에서 흡수해 자기 내부에서 숙성된 생각을 글이라는 형태로 변환하여 뱉어내는 데 지나지 않는다.

어떤 이야기라도 모두 일상에서 태어난다. 미스터리 작가는 '명탐정 코난'처럼 살인 현장에 있지 않다. 일상생활에서 모은 소재를 상상력으로 가공해서 미스터리 소설을 집필한다.

외부로부터 자극받고 글을 쓰기도 하지만, 그런 경우도 쓰고 있는 내용은 자극에 반응한 내면이기 때문에 자기 안에 있는 생각을 표현하는 것은 똑같다.

나는 심지어 소재를 찾으려고 의식하는 것은 글쓰기의 소재를 모으는 데 오히려 방해가 된다고도 생각한다. '소재 찾아야지!'라고 의식하며 세상을 돌아다니다 보면 눈에 띄고 재미있거나 기발한 것에 눈이 간다. 많은 사람들이 공유해서 SNS에 떠다니는 "이런 일이 있었어요!"라고 말하는 '꿀잼 영상' 같은 것이다. 그런 소재는 발견하기 쉽고 누구나 찾아낼 수 있다.

'소재를 찾는다'고 의식하고 세상을 보노라면, 기발한 소재를 찾는 자석에 달라붙은 것밖에 남지 않는다. 나는 그 자석에 끌려오지 않은 것들 중에 아무도 찾아내지 못한 진짜 소재가 있다고 생각한다.

매일의 삶 속에서 느낀 것, 생각처럼 형태를 이루지 못한 막연한 생각을 글쓰기를 통해 자신의 말로 구현해 나간다. 그것을 계속하다 보면 누구도 찾아내지 못하고 생각지도 못했던 소재를 찾을 수 있을 것이다. 즉 별것 없는 일상 속에야말로 보물이 숨어 있다는 것을 깨닫게 되고, 그것을 알게 되면 소재는 무한정 생기기 때문에 소재 찾기는 필요 없어질 것이다.

"소재 찾기에 파묻히면 진짜 소재를 못 보고 놓칠 위험이 있으니 하지 않는다."

5화 _ 자유롭게 쓴다는 것은 얼마나 멋진 일인가

미나미아오야마의 카페에서 잼 아저씨와 만난 지도 한 달이

지났다. 후미오는 쓰고 버리기를 계속하고 있었다. 소재 찾기도 그만두었다. 소재 찾기를 그만두고 나니 시야가 넓어진 듯한 기분이 들었다. "소재, 소재, 소재"라고 중얼거리면서 창백한 얼굴을 하고 있던 때가 까마득하다.

후미오는 자신이 씨름하고 있는 안건에서 모르는 일이나 불확실한 일이 생기면 쓰고 버리며 자신의 말로 분해하게 되었다. 그에 따라 이해가 깊어지고 모르는 일에 대해서도 적확한 조사와 질문을 할 수 있게 되었다. 사내 사전 협의에서도 논리 정연하게 발언할 수 있게 되었으며, 부서에서 받는 평가도 바뀌고 있었다.

그는 '쓰기'를 통해 인생 최고로 알찬 시기를 맞이하려 하고 있었다.

'글쓰기'의 자유에 몸을 내맡기려 하고 있었다. 그런데 아무 쓸모없는 일에 걸려버리는 사람도 후미오라는 인간이었다.

금요일 오후 3시. 커피를 마시며 휴식을 즐기려는 사람들로 복작이는 후미오 식품 5층 구내식당. 서쪽 끝에 있는 테이블에 종이 한 장을 놓고 후미오는 팔짱을 끼고 있었다. "도와주세요" 사인이다.

이제 막 일 하나를 마치고 주방에서 나온 잼 아저씨가 사인을 눈치챘다. 그는 후미오 앞에 앉고는 양해를 구하지도 않고 종이를 집어 읽었다.

후미오가 앞으로 인생을 어떻게 걸어 나갈 것인지를 적은 글이었다. 자신의 현실과 꿈 사이의 먼 거리에 절망하고 어떻게 해볼 수도 없는 답답함을 토로한 글이었다.

솔직하게 말해서 서툰 글이었다. 자기애로 가득 찬 부끄러운 글이었다. 그래도 그것을 읽고 있는 잼 아저씨는 후미오의 성장을 그 졸렬한 글 속에서 찾아냈다. 그러나…….

"도중에 그만 뒀군?"

잼 아저씨는 목소리를 높였다.

그 자기애 가득한 글은 "나는 내 꿈이 불완전하다는 걸 깨달았다. 그리고……." 한참 재미있는 지점에서 암초에 걸리고 만 것이었다.

"왜 끝까지 안 쓴 건데? 딱 재미있는 부분에서 끝났잖아."

"아니 뭐, 그냥요."

"그놈의 '그냥'을 쓰고 버렸어? 자기 말로 말할 수 있어?"

"예. 마음대로 써도 된다고 하면 오히려 못 쓰게 돼버려요. 어느 정도 제약이 있는 편이 제가 힘을 발휘할 수 있는 방식인 것 같아요."

"알아들었네. 그 논리로 가자면, 적당히 제한을 두면 쓸 수 있다는 거지?"

"뭐, 그렇게 되는 셈이죠."

정신이 들어 보니 구내식당에는 둘밖에 없었다. 싸늘한 정적에 귀가 아플 정도였다. 두 사람은 테이블을 사이에 두고 대치하고 있었다.

"가보자고. 지금부터 3분 안에 온 세상을 술렁이게 만들고 있는 신종 코로나 바이러스 백신의 집단 접종 효과와 그것이 가져다줄 사회적 영향에 대해 '올림픽' '고양이' '롤러코스터' 세 단어를 써서 간결하게 쓰게. 셋, 둘······."

"별안간 뭔 말씀을 하시는지."

"하나, 시작!"

세상에서 가장 짧은 3분이 순식간에 지나갔다.

"자, 끝" 하고 잼 아저씨가 선언했다.

"자, 어디 볼까" 하고 후미오 앞에 있는 종이를 끌어당기고는 "어럽쇼~? '나는 고양이가 아니로소이다. 왜냐하면'밖에 안 쓰여 있잖아" 하고 말했다.

히죽히죽 웃는 게 정말 보기 거북했다.

"쓰지 못할 수밖에 없잖아요."

후미오는 열받아서 말했다.

"왜?"

"마음대로 하게 해주지 않으면 쓸 수 없죠! 백신이랑 롤러코스터를 어떻게 연결하라고요!"

"여러 방법이 있잖아? '백신 접종을 기다리는 대기 행렬은 디즈니랜드 롤러코스터를 기다리는 줄을 연상시켰다'라든지 '백신 주사를 맞기 전의 긴장감은 롤러코스터를 처음 탔을 때에 비할 바는 아니었다'든지. 얼마든지 나오잖아."

"안 나와요."

"아니, 나왔잖아."

"아뇨, 안 나왔다고요."

"아니, 나왔는데? 방금 '마음대로 하게 해 달라'고 했지. 아까는 너무 자유로우면 오히려 못 쓰겠다고 하지 않았나?" 후미오가 입을 딱 벌린 채 멍하니 앉아 있자 잼 아저씨가 말했다.

"자네가 말하는 자유란 '자네에게 편리한 자유'야. 안 되는 이유를 만들고 있을 뿐이란 말이야. 아까 세 단어를 지정받고 글을 쓸 때 무슨 생각 했어?"

"솔직히 하기 힘들다고 생각했죠."

"그렇지? 너무 자유로워서 하기 힘들다고 생각했다면 자유를 빼앗겼을 때의 괴로움을 한번 떠올려봐. 이건 글을 쓸 때만이 아니라 인생 전체에 통하는 말이니까." 그렇게 말하고 난 잼 아저씨는 "이런, 이런. 내일 준비를 끝내 놔야지!" 하고 일부러 들으란 듯 말하고는 주방으로 돌아갔다.

그날 밤 집으로 돌아온 후미오는 쓰지 못했던 글을 마지막까지 다 썼다. 도저히 만족할 만한 글은 아니었지만 자신이 생각하고 있던 자유라는 껍데기를 깨부쉈다는 감각으로 충만했다. 후미오는 오늘 일어난 일을 쓰고 버려 자신의 말로 정리한 뒤 이불로 파고들었다.

정리

Q "마음대로 써도 좋다는 말을 들으면 오히려 못 쓰게 됩니다."

A 배부른 고민이라고 할 수밖에 없으니, 영원히 그렇게 고민하도록. 글쓰기만이 아니라 실생활에서도 자유가 주어지면 행동을 할 수 없는 상황을 꽤 자주 볼 수 있다.

직장에서 몇 번 "자유롭게 하게 해 달라" "어느 정도 자유가 주어지지 않으면 실력 발휘가 안 돼"라고 일상적으로 주장하는 젊은 사원이 있어 그에게 재량권을 주고 "당신의 힘을 마음껏 발휘해서 자유롭게 해보세요" 하고 프로젝트를 맡겼다. 그런데 "너무 자유로워서 뭘 해야 좋을지 모르겠습니다. 어느 정도는 틀을 잡아주셔야……"라는 대답이 돌아와서 "너 말이야" 하고 한마디 하고 싶어질 때가 있었다.

"어느 정도의 틀"이라는 건 방향을 정해 달라는 말이다. 이쪽으로서는 그가 방향부터 잡아줬으면 싶었는데…….

편리한 자유다. 한마디로 말해서 위험을 지지 않는 자유다. 책임을 지지 않고 주체성을 가지고 있지 않기 때문에 틀이나 제약이 없어지면 오히려 어디로 향해야 좋을지 알 수 없게 되는 것이리라.

"자유라는 주제는 매우 고맙지만 동시에 뭘 해야 좋을지 알수 없습니다. 따라서 어느 정도의 주제와 방향을 정해주기 바랍니다. 단 옥죄이게 되면 개성을 살릴 수가 없으니 느슨하고 부담이 없는 정도로 정해주세요"라는 소리는 너무 편리한 변명이 아닌가?

글을 쓸 자유를 얻었는데 "쓸 수 없다"는 건 배부른 소리다. 자유를 빼앗겼을 때를 상상하고 지금의 축복받은 환경을 다시 생각해보는 것이 좋을지도 모르겠다. 자유를 변명거리로 삼지 말라!

"자유를 '자신에게 편리한 자유'로 바꿔 변명하지 않는다."

Q "어떻게 써야 좋을지 모르겠어요……."

A '어떻게 써야 좋을지 모르는 병'에 걸려 괴로워하는 사람이 많다. 그래서 어떻게 써야 좋은지에 초점을 맞춘 기사나 책이 그렇게 많은 것이다. 고민하는 사람들이 진지하게 씨름하는 것을 부정해버리는 셈이 되지만, '어떻게 쓰면 좋으냐'는 사실 큰 문제가 아니다. 사소한 문제다. 뒤로 미뤄도 괜찮다.

'어떻게 쓰면 좋으냐'라는 고민은 아무것도 없는 빈터에 장애물을 설치하고 있는 것과 같다. 자신의 의지로 쓰기 시작했으니 될 수 있는 한 최선을 다해 남에게 보여주기 좋은 것으로 만들고 싶다는 것이리라.

관심을 받고 싶어서 "관심을 받으려면 어떻게 써야 좋을까?" 하고 고민하는 거라면 그런 고민은 버리는 것이 좋다. 그편이 더 건전하다. 주위 사람들의 평가는 통제할 수 없다. 제어할 수 없는 것을 제어하려 하는 것은 정답이 없는 시험을 치는 것과 같다. 정답이 없는 시험은 거부하는 수밖에 없다.

"자신이 나아갈 길에 장애물을 설치하지 마라."

6화 _ 편하게 쓰려면 어떻게 해야 할까

갓난아기의 걸음마나 마찬가지지만, 후미오는 자기 나름의 글을 쓸 수 있게 됐다.

'쓰고 버리기'는 계속하고 있다. 글을 쓰고 싶은 마음이 들면 글을 쓰기도 한다. 일에도 충실해진 느낌이고 고민에 빠지는 일도 줄었으며, 매일 평온하게 지낼 수 있게 됐다. 후미오는 언제나처럼 평일 오후 3시 구내식당에 있었다. 식당에 오기 직전, 그는 과장에게 회사의 사운이 걸린 프로젝트 멤버 후보로 선정됐다는 통고를 받았다. '쓰고 버리기'를 시작하고 나서 인생이 좋은 쪽으로 움직이기 시작했다.

하지만 후미오는 식당의 테이블에 앉자 침울한 표정으로 멍하니 밖을 바라보기 시작했다. 고민이 생겼기 때문이다.

무엇을 고민하고 있는지 떠보지 않아도 스스로 입 밖에 내는 것이 후미오의 좋은 점이었다.

"좀 더 편하게 쓸 수 없나……? 시간도 많이 들이고 싶지 않은데……."

후미오는 중얼거렸다.

후미오는 '더 편하게 쓸 수 없는지'를 고민하고 있었다. '쓰고 버리기'를 계속하는 것과 '글쓰기'는 '인생을 진지하게 대면하는 것'이기도 하기 때문에 지치게 마련이었다. 밤새 글을 쓰다가 정신 차리고 보면 하늘이 훤히 밝아진 적도 종종 있었다.

그 모습을 기둥 뒤에서 관찰하듯 바라보는 그림자가 있었다. 잼 아저씨였다. 다만 잼 아저씨는 그림자에 안주하는 사람이 아니었다. 기둥 뒤에서 튀어나와 후미오 앞에 앉아 "편하게 금방 쓰는 방법이 있다네" 하고 운을 뗐다.

후미오는 알고 있었다. 잼 아저씨가 지난번에 '마음대로 쓴다'는 것을 가르쳐줄 때처럼 말꼬리나 실수를 붙잡고 늘어져 앞통수를 맞으리라는 것을 알고 있었다. 그래서 굳이 말을 하지 않았다.

잼 아저씨는 갈등하는 후미오를 무시하고 계속했다.

"평소 같으면 문답으로 하겠는데, 오늘은 시간이 없으니 바로 답을 가르쳐주지."

그러고 보니 잼 아저씨가 새 메뉴를 개발하느라 바쁘다고 했던 게 생각났다.

"편하고 시간도 안 들이면서 쓰는 방법은 자기에게 맞는 유형을 찾는 거야."

잼 아저씨는 특히 도입부의 유형을 미리 정하는 것, 몇 가지 유형을 틀로써 갖춰놓는 것의 장점을 설명했다.

후미오는 의문 나는 점을 물었다.

"하지만 유형을 정해놓으면 '생각하면서 쓴다'는 것과 모순되지 않나요?"

"그렇지 않아. 몇 가지 기본 전개 유형을 갖춰놓는 것뿐이니까 모방하고는 달라. 편지도 인사 문구가 정해져 있고 흐름이 있잖아. 그거랑 똑같아. 도입이 순조로우면 그 다음도 편해진다는 거지. 한번 움직이기 시작하면 관성의 법칙으로 완성까지 쭉 가는 거야."

"흐음, 그런가……?"

후미오는 좀처럼 믿을 수가 없었다. 하지만 지금까지 잼 아저씨가 말한 대로 따라가 좋은 방향으로 나아간 것도 사실이었다. 후미오는 납득은 할 수 없었으나 받아들이기로 했다. 깊이 생각하지 말고 일단 받아들이는 유연성 또한 그의 몇 안 되는 미덕 중 하나였다.

후미오는 마음에 걸리는 점을 말했다.

"앞으로, 역시 글을 쓰다 보면 제 글을 남들이 어떻게 생각할지 신경이 쓰여요."

"평가를 말하나?"

"아닙니다. 자신을 위해 쓴다는 건 알고 있는데요, 다른 사람 눈도 의식할 필요가 있지 않을까 하고……."

"호오" 하고 잼 아저씨는 감탄했다. 속도는 느리지만 후미오는 올바르게 자라고 있었다.

"그렇다면 1000명 중 한 명에게 받아들여질 만한 글을 목표로 삼는 것은 어떤가?" 잼 아저씨는 이렇게 대답했다.

"1000분의 1이요?"

후미오는 질문하면서 너무 적은 게 아닌가 생각했다.

"1000분의 1 정도면 자네 맘대로 써도, 엉망이라도, 멍청하고 바보 같은 글이라도 받아들여줄 호기심을 지닌 사람이 있다는 희망을 품을 수도 있고, 또 과도한 압박도 느끼지 않을 것 아닌가?"

"1000명 중 한 명입니까~."

"어어? 지금 내 말을 무시하고 있지? 1000분의 1이라는 건 가만 생각해보면 대단한 숫자야. 일본 인구를 1억 2천만 명이라고 치면 1000분의 1이 얼마나 될 것 같나? 그 정도 사람들에게 받아들여질 자신이 있나?" 후미오는 계산을 해봤다. 굉장한 숫자였다. 게다가 1000분의 1이라고 생각하면 마음도 가벼워 질 것 같았다.

"알아주는 사람한테 가서 닿으면 되는 거지. 그런 기분으로 좋아하는 일에 매진하는 게 최고야. 그건 그렇고 오늘 스페셜 런치는 어땠나?"

후미오는 점심 때 먹은 스페셜 런치를 떠올렸다. 가키아게 라면(500엔). 기름이 듬뿍 묻어나는 돈코츠 베이스의 간장 국물 라면에 특대 사이즈 가키아게가 올라가 1,500킬로칼로리쯤 되어 보이는 라면이었다. 더부룩한 위장 언저리를 눌러주었다.

"좀 과했죠."

"나중에 또 내면 먹겠는가?"

"……사양하겠습니다."

"아이고야……."

잼 아저씨는 호들갑스럽게 낙담을 표했다.

"아니 뭐, 그럼 됐어. 아는 사람이 알아주면 그만이라 생각하고 개발한 거야. 동료들 중에 맛있다 해준 사람 있었어?"

"제가 알기로는 없었죠."

"아이고 맙소사, 진짜? 이 회사에서 단 한 사람이라도 맛있다고 해주는 사람이 있으면 좋겠는데"

호들갑스럽게 낙담을 표하는 잼 아저씨의 저렴한 연기를 보며 이 사람 나름대로 '1000분의 1 이론'을 가르쳐주는 거로구나 하고 후미오는 깨달았다.

후미오는 어딘가에 있는 사람에게 가닿으면 그걸로 족하다, 그런 편안한 마음으로 글을 써보기로 결심했다. 하지만 그날 밤은 강렬한 소화 불량에 시달려 글을 쓰지는 못했다.

정리

Q "글 쓰는 데 시간이 너무 걸려요."

A 일상적인 말로 구체화하는 과정을 반복하는 건 근력 운동 같은 것이다. 거기에다 올바른 폼이 갖춰져 있다면 글은 쓸 수 있다. 올바른 자세를 취한다면 술술 글을 쓸 수 있게 되고 결과적으로 속도가 빨라진다. 그렇다면 올바른 자세는 어떻게 익히는 것이 좋은가? 아쉽지만 최적의 자세는 사람마다 다르기 때문에 쓰면서 익히는 수밖에 없다.

내가 실천하고 있는 방법이 있다.

글을 쓰다가 (그 시점에서의) 회심의 글, 자신감 있는 글을 쓰게 되면, 그것을 나만의 숙련된 유형으로 만드는 것이다. 나에게는 나만의 숙련된 유형이 몇 가지 있어서 필요하면 서랍을 열듯이 그것을 꺼내서 쓴다. 유형은 쓰다 보면 더욱 쓰기 편해지며 종류도 늘어난다. 한편 숙련된 유형에서 버릴 것도 있다. 그렇게 업데이트를 하고 있다.

글을 쓸 수 있는 사람은 의식하거나 의식하지 못하거나 자신만의 숙련된 유형을 가지고 있는 사람들이다.

나는 평소 꾸준히 쓰고 버리기를 거듭하고 나만의 숙련된 유형을 가짐으로써 한정된 시간 속에서도 집필 시간을 단축하고 이렇게 글을 쓰는 일을 계속할 수 있었다. 자신만의 최적의 폼을 가지고 있기 때문에 나는 글을 쓸 수 있는 것이다. 자신만의 최적의 폼을 찾아내도록 하자.

"나만의 유형을 찾아내는 것이 계속 쓸 수 있는 비결이다."

Q "누구를 대상으로 쓰면 좋을까?"

A 글을 발표하면 독자가 생긴다. 그래서 독자를 상대로 해서 쓰자, 라는 대답이 지장이 없는 무난한 대답이 될 것이다. 하지만 독자를 너무 의식하면 쓰고 싶은 내용을 쓸 수 없게 된다. 시야가 좁아지고 쓰고 싶은 것을 쓸 수 없게 되는 일도 생길 것이다. 좋아하는 이성을 너무 의식한 나머지 안절부절못하다 제 실력을 낼 수 없게 되는 거나 마찬가지다.

그렇다고 해도 독자, 타인을 아예 의식하지 않으면 너무 자유로워져서 독선에 빠진 글이 돼버린다. 그렇기 때문에 느슨한 느낌으로 독자를 상정하는 편이 좋다.

내가 추천하는 방법은 내일의 자신을 독자로 상정하는 것이다. 내일의 나는 지금 내가 쓰는 글을 어떻게 읽을까? 냉정할 그 눈을 의식하다 보면 지나치게 자유로워지지 않고, 타인을 의식하는 것보다는 훨씬 편한 마음으로 글을 쓸 수 있게 될 것이다.

"미래의 자신을 가상의 독자로 설정하자."

Q "내가 쓰고 있는 글이 어떻게 받아들여질지 불안해서 못 견디겠어요."

A 글을 쓰고 있을 때 '이 글이 누군가의 마음에 닿을 수 있을까' 하고 불안해질 때가 있다. 그 불안 때문에 글을 쓸 수 없게 되고, 누군가에게 가닿는 것을 겨냥한 글을 쓰게 된다. 그런 불안에 들볶일 것 같을 때는 '1000명 중 1명만 공감할 수 있으면 된다'는 정도로 마음을 먹도록 하자.

'1000명 중 1명이면, 그 정도는 알아주는 사람이 있을 것이다' '말이 안 되는 소리를 써도 이해해주는 사람은 있다' 이렇게 마음을 편하게 먹으면 무엇이든 쓸 수 있다. 나는 지금도 '1000명 중 1명에게 닿을 수 있으면 족하다'는 마음으로 쓴다. 실제로 일본인 1억 2천만 명 중 1000분의 1에게 닿으면 베스트셀러가 되겠지만 말이다.

"'알아주는 사람에게 가닿으면 충분하다는 마음'으로 쓴다.

목표하는 독자 수는 1000명 중 1명이라고 생각한다."

7화 _ 보기 좋은 문장은 어떻게 하면 쓸 수 있나요

가키아게 라면으로 인한 후미오의 소화 불량은 그가 생각했던 것 이상으로 중증이었다. 위장이 원래대로 돌아가기까지 일주일 정도가 걸렸다. 그동안에도 후미오는 우직하게 계속 글을 썼다. 그는 속이 더부룩한 중에 새로운 고민에 직면했다.

지금까지 했던 고민과는 다른 종류였다. 기술적인 고민. 그는 잼 아저씨에게 상담을 청하기를 망설였다. 왜냐하면 잼 아저씨와 교류하면서 잼 아저씨가 기술은 눈앞의 손쉬운 일로 치부하고 더 근원적인 태도를 중시한다는 것을 알고 있었기 때문이다.

"이 고민을 물어봤다간 파문당할지도 몰라." 후미오는 혼자힘으로 고민을 해결하기로 결심했다. '쓰고 버리기'로 그 고민의 정체는 파악하고 있었다. '지금의 나라면 할 수 있다'는 자신감이 그의 결심을 밀어주고 있었다.

직장에서도 그는 중요한 프로젝트 멤버에 정식으로 선정됐다. 그런 결과가 후미오를 강한 인간으로 바꾸기 시작했다.

그날 일을 마치고 회사를 뛰쳐나간 후미오는 도서관 열람실에 모습을 나타냈다. '해결의 실마리가 될 책을 찾아낼 수 있을지도 모른다'고 그 나름대로 생각한 결과에 따른 행동이었다.

그러나 후미오의 고민은 해결되지 않았다. 그는 최근에 쓴 글을 가방에서 꺼내어 죽 늘어놓아봤다. 주제도 내용도 전부 다른 글이었다. 하지만 결정적인 결점이 있었다.

"어느 것이나 다 똑같구먼?" 하고 후미오의 생각을 투사하듯 잼 아저씨가 입에 올렸다.

때마침 잼 아저씨가 옆자리에 있었다. 그의 책상에는 꽤 어려워 보이는 책이 몇 권 쌓여 있었다. 미국인의 식생활에 관한 서적이 있었다. 후미오는 왜 그런 책을 잼 아저씨가 읽고 있는지 궁금해졌다.

"어느 글이나 죄다 완전히 똑같구먼."

잼 아저씨의 지적에 후미오는 화끈거렸다. 정답이었기 때문이다.

그렇다. 후미오의 고민은 '쓴 글이 하나같이 비슷한 인상을 준다'는 것이었다. 후미오는 '내가 재능이 없는 게 아닌가' 하고 절망하기 시작했다.

"이거 간단히 해결되는데? 알고 싶은가?" 하고 잼 아저씨는 도발했다.

알고 싶은 거야 당연지사 아닌가.

후미오는 말꼬리 잡힐 것을 각오하고 말했다.

"가르쳐주세요."

"왜 인상이 같은 글이 되는 건지 알겠는가?"

"모르겠습니다."

"무난한 길을 택하니까 그렇지. 글 쓰는 사람은 누구나 다 지나는 길이니까."

그렇게 말하고 잼 아저씨는 후미오가 하는 고민의 해결책을 가르쳐주었다.

"글쓰기에 익숙해지면, 잘 썼을 때의 성공 경험에 얽매이거나 더 단순하게 손을 덜고 싶다는 의식이 작용하기도 해서 비슷한 말이나 익숙한 말을 쓰게 되는 때가 있어. 이걸 해결하려면 새로운 말을 쓰거나 글과 글을 연결하는 방법을 궁리하는 게 좋아."

"새로운 말을 쓰도록 한다."

후미오는 복창하면서 '이거 어려운 거 아닌가?'라고 생각했다.

"안 어려워, 안 어려워. 일단 새로운 말을 알게 되면 좀 엉망이더라도 그걸 반드시 써보는 게 좋아. 이걸 '새로운 말 드래프트(선수 선발) 1위로 지명하기 작전'이라고 부르도록 하자고"

"새로운 말을 드래프트 1위로 지명하는 작전……. 그렇게 잘 될까요?"

후미오가 그렇게 의심스러워하니 잼 아저씨가 이렇게 대답했다.

"글과 글을 이을 때는 접속사를 의식적으로 써보도록 하게. 그러면 유치한 문장에서 벗어날 수 있으니까 시도해봐."

그 말을 듣고 다시 읽어보니, 확실히 후미오가 쓴 글에 사용되고 있는 접속사는 '하지만'과 '그리고'밖에 없었다. 하지만 '의식적'이라는 건 무슨 소리인가?

"의식적이란 건 '좀 신경을 써본다' 정도의 의미로만 받아들이면 돼. 모처럼 도서관에 왔으니 접속사에 주의하면서 한 권 읽어보는 게 좋겠지. 그러면 난 일이 있어 이만 실례하겠네. 오늘의 스페셜 런치는 어땠나?"

후미오는 "단무지 카레 말씀이시죠? 독창적인 맛이었다고 생각합니다. 하지만 맛있었느냐고 물으신다면 물음표를 붙이겠습니다"라고 대답했다. 자연스럽게 접속사를 의식적으로 사용하고 있었다.

그날 밤 귀가한 후미오는 잼 아저씨가 가르쳐준 '새로운 말 드래프트 1위로 지명하기 작전'과 '접속사 의식적으로 쓰기 작전'을 활용해 글을 써봤다. 물 흐르듯 쓸 수 없었고 어딘가 찌그러진 느낌이 들었다. 하지만 후미오는 즐거웠다. 새로운 말을 의식적으로 쓰니 새로운 세계를 열어젖히고 있다는 실감이 들었기 때문이다.

기분 좋은 피로를 느끼며 후미오는 침대에 누웠다. 그는 잼 아저씨가 읽고 있던 책이 어쩐지 신경 쓰였다.

정리

Q "쓸 수 있는 단어를 늘리려면 어떻게 하면 좋을까요?"

A 새로 알게 된 말이나 마음에 드는 구절을 적극적으로 사용해보자. 그것이 자신의 세계가 넓어지는 결과로 이어진다. 그러기 위해서는 글을 쓸 때 의식을 조금 바꾸면 된다. 새로운 말, 써보고 싶은 말을 항상 변환 후보 상위에 놓아보자. 예컨대 사람들이 잘 모르는 단어 중에 '빽빽하다'는 뜻인 '밀밀하다'라는 말이 있다. 이 '밀밀하다'를 쓰겠다고 결심했으면 항상 변환 후보 우선순위로 두고 의식적으로 글에 넣도록 한다.

예)

"출퇴근길 지하철은 만원이었다."

만원 → 밀밀하다(우선순위)

"출퇴근길 지하철은 밀밀했다."

"밀밀하다"라는 말을 씀으로써 "만원"으로는 떠오르지 않는 발상이 떠오른다.

"밀밀하다 → 밀림, 밀착" 같은 것이다.

"출퇴근길 지하철은 밀밀하다. 사람들끼리 밀착해서 가다 보면 질식할 것만 같다. 밀림 속 나무들이 이런 심정일까 싶다."

나는 이런 방식으로 세계를 넓히고 있다. 연상 게임처럼 하면 된다.

새로운 말은 손에 익지 않은 도구와 마찬가지라서 처음에는 잘 안 된다. 잘못 쓰거나 어딘가 어색하게 느껴질 수도 있다. 잘 쓰기 위해서는 열심히 연습하고 익숙해질 필요가 있다. 중요한 건 새로운 말을 써야겠다는 의식을 가지는 것과 잘 못 쓰더라도 신경 쓰지 않는 것이다.

"새로운 말을 항상 변환 후보 우선순위에 둔다."

Q "글을 어떻게 이으면 좋을까요?"

A 글을 쓰지 못하는 이유로 '글을 어떻게 연결하면 좋을지 모르겠다'고 말하는 사람이 많지 않을까. 하지만 긴 글은 쓰지 못하는 사람일지라도 트위터에 올리는 트윗과 같은 단문은 쓸 수 있을 것이다. 일단 연결은 생각하지 말고 짧은 글을 마음 가는 대로 꾸역꾸역 써보고 나중에 접속사를 넣거나 하면서 어떻게 이을지 생각해보도록 하자.

구성이나 전개는 나중으로 미루고 지금 자신이 쓰고 싶은 것이나 기분에 솔직해지자. 글의 구성이나 전개는 나중에 생각하면 잘 정리되는 경우가 많다. 조언을 하자면 접속사를 의식적으로 쓰도록 하는 게 좋다. '그리고' '또는' '그러나' '한편'과 같은 접속사를 글과 글의 의미와 관계가 부드럽게 이어지도록 의도에 맞게 사용해보자.

접속사 사용법을 한 단계 위로 끌어 올리려면 글쓰기 서적보다 논리학 입문서를 몇 권 읽는 것이 좋다. 나는 논리학 입문서를 가끔 다시 읽는다.

"우선 단문을 쓰고 나중에 의식적으로 접속사를 이용해 연결하면 된다."

8화 _ 어떻게 하면 꾸준히 쓸 수 있나

"새로운 말을 드래프트 1위로 지명한다."
"접속사를 의식적으로 사용한다."
잼 아저씨의 조언으로 후미오는 '글쓰기' 수준이 올라갔다는 걸 실감하고 있었다. 시행착오를 되풀이하며 글과 격투를 벌이는 동안 새로운 발견이 이어지고 있었던 것이다.
글을 쓰기 전 후미오는 논리 정연하게 이야기하는 것이 힘들고 느끼는 대로 말했지만, 지금은 사람이 바뀐 것처럼 논리적으로 이야기를 하게 됐고 상사나 동료들도 후미오에게 놀라곤 했다. 프로젝트 멤버로 뽑히고 나서는 그렇게 싫어하고 하기 힘들었던 일도 즐길 수 있게 되었다.

그러나 '고민거리를 찾아서 고민하는 데 선수'인 후미오는 또다시 고민을 하고 있었다.

그의 이번 고민은 '글쓰기를 통해 인생이 호전되기 시작한 것은 확실하지만, 만약 글쓰기를 그만두면 이 변화는 끝나고 예전의 자기로 돌아가버리는 걸까? 그건 싫어'라는 것이었다.

현재 상태는 문제가 없지만 글쓰기를 그만뒀을 때를 상상하기만 해도 무서워서 잠도 잘 수 없었다. 어떻게 하면 계속할 수 있을지 머리를 싸매고 고민했다. 솔직히 배부른 고민이었다. 그러나 그는 진지하게 고민하고 있었다. 동시에 평일 오후 3시의 구내식당 테이블에서 머리를 싸매고 있으면 해결책을 찾아낼 수 있으리라고 생각했다.

"지금은 글을 쓰고 있지만, 그만뒀을 때를 생각하면 잠을 잘 수 없다……."

잼 아저씨는 후미오의 고백을 듣고 어이없어했다.

"그런 걸 고민하고 있다니, 여유가 생겼다는 거지?"

"전 진지하게 고민 중이라고요!"

잼 아저씨는 한숨을 푹 쉬고는 "글은 누군가의 명령을 받고 쓰기 시작한 게 아닐 텐데?" 하고 말했다.

명령이었다면 쓰지 않았을 것이다.

"그렇죠."

"스스로 쓰기 시작한 거지? 이것저것 조언은 해줬지만 쓰도록 한 건 자신의 의지라고."

"예."

"스스로 시작한 일을 그만두는 것도, 계속하는 것도 전부 자기한테 달렸지. 자유를 소중히 여기라고 가르쳐 왔건만 제대로 전달되지 않은 게 슬프네."

그렇게 말하고 잼 아저씨는 살며시 손으로 눈에서 흐르는 물을 닦는 시늉을 했다.

해질녘 아무도 없는 구내식당에서 60대와 30대. 부자지간만큼 나이 차가 나는 남자 두 명이 진지한 얼굴로 마주 보고 앉아서, 한쪽이 눈물을 훔치는 시늉을 하는 모습은 초현실적으로 보였다.

공기가 무거웠다. 내일 식재료 준비가 어떻게 돼 가는지 확인하고 싶었던 잼 아저씨는 이렇게 무익하게 보내는 시간이 아까워 입을 열었다.

"스스로 계속할 수 있는 구조를 만드는 수밖에 없네⋯⋯."

그런 스승의 가르침을 받고 후미오는 "이해합니다"라고 호소하는 듯한 표정으로 "예를 들자면요? 그걸 좀 가르쳐주세요" 하고 하나도 이해하지 못했음을 자백하는 듯한 말로 되받았다.

그것이 후미오란 인간이었다.

그런 칠칠치 못한 후미오를 앞에 두고도 "그 정도는 알아서 생각 좀 해라" 하고 내던지지 않고 힌트를 주는 것이 잼 아저씨였다. 이날의 잼 아저씨는 평소보다 더 상냥했다고, 훗날 후미오는 회상했다.

"아무 목표도 없으면 성취감을 얻을 수가 없겠지. 큰 목표를 향해 노력하는 건 중요해. 그런데 큰 목표는 좀처럼 달성할 수 없지. 그러니까 작은 목표를 만들어서 그걸 하나씩 하나씩 달성하다 보면 모든 일을 다 계속할 수 있게 돼. 50킬로그램 감량을 목표로 삼고 노력하는 건 중요하지만, 매일매일 운동량을 달성하면 미니 초콜릿 좀 먹어도 된다고 게임처럼 실천하는 편이 전진하기 쉽지. 알겠는가?"

"그럭저럭 알 것 같습니다. 글쓰기에 대해 알기 쉬운 목표를 세워서 하면 된다는 거죠?"

"그렇지. 눈에 보이고 알기 쉬운 지표가 있으면 '야! 해냈다!' 하고 생각할 수 있잖아."

"구체적으로 어떻게 하면……."

후미오가 말하려 하자 잼 아저씨는 손바닥을 후미오의 얼굴 앞에 디밀어 제지하면서 "아무도 자네한테 강제하지 않아. 스스로 생각해서 결정해" 하고, 어디서 많이 들어본 멋들어진 대사를 읊었다.

그러고 나서 잼 아저씨는 "갑작스레 미안하지만, 오늘로 일을 그만두게 되었네"라고 말했다.

"예? 이렇게 갑자기요?"

"미안, 미안. 또 언젠가 어디에선가 만나세. 마지막으로 이 말을 해주겠네."

그날 밤 후미오는 스스로 계속해 나갈 수 있는 구조에 대해 궁리했다. '내용과 상관없이 일단 1000자. 반드시 쓰기'를 목표로 삼았다. 그 무렵 후미오에게 그 정도 분량을 쓰는 것은 쉬운 일이었다. 후미오는 가능한 것을 목표로 삼고 작은 성취감을 얻기로 결심한 것이다.

'안 되면 또 생각해보면 돼.'

지금의 후미오에게는 유연한 사고와 긍정적으로 전진하고자 하는 강한 의지가 있었다. 이 모두 구내식당에서 일하던 그분이 '쓰고 버리기'를 가르쳐주면서 시작된 것이었다. 그리고 후미오는 스승이 마지막으로 남긴 말을 떠올렸다.

"자네 스스로 자네의 최고 팬이 되어주게."

정리

Q "글쓰기를 계속하려면 어떻게 해야 좋을까요?"

A 계속 쓰기 위해서는 어떻게 하면 좋을까? 습관으로 만들면 된다. 나는 '글쓰기'를 습관화하기 위해서 다음 3가지 규칙을 세웠다.

① 무리해서 쓰지 않는다.
② 그만둬도 다시 시작하기 쉽게 한다.
③ 일기를 쓴다.

'무리해서 쓰지 않는다'는 태도는 글쓰기를 싫어하지 않기 위한 방어책이다. 쓸 수 없는 상황은 꽉 막혀서 흐르지 못하는 상태다. 왜 쓸 수 없을까 생각하다 보면 고민으로 이어지고 글쓰기가 싫어지기 때문에 글을 쓸 수 없을 때, 쓰고 싶지 않은 기분일 때는 '써도 내 글이 되지 않는다'고 생각을 고쳐먹고 무리해서 쓰지 않는 것이 좋다. 글쓰기뿐만이 아니라 뭔가 잘 되지 않을 때 드는 '어째서'라는 생각은 자책으로 이어지기 쉽기 때문에 관두는 게 좋다.

'그만둬도 다시 시작하기 쉽게 한다'는 최악의 경우에 글쓰기를 관두어도 다시 쓰고 싶어질 때 재개하기 쉽도록 만드는 것이다. 그만둔다는 결단을 무겁게 내리지 않는 게 좋다. 블로그에 글을 쓰는 사람 중에 이유가 생겨 그만둘 때 "폐쇄!" "계정 삭제!" 하고 그만둘 결단을 세게 내려서 퇴로를 차단해버리는 사람이 있다. 나는 그 반대다. 늘 남들 모르게 내팽개치곤 하지만 그것을 분명하게 밝히지는 않는다. 물론 폐쇄나 삭제도 하지 않는다. 그만둔다는 결단을 작고 가볍게 내림으로써 다시 돌아오기 쉽게 만든다. 결단을 가볍게 하면 홀가분해질 수 있다.

'일기를 쓴다'는 건 말 그대로 계속 글을 쓰기 위한 콘텐츠로서 일기가 가장 마음 편하고 추천할 만하다는 의미다. 일기는 매일매일 있었던 일을 기록한 글이다. 그날 일어난 일, 생각한 것을 쓰면 된다. 하지만 하루라도 쓰지 않은 날이 생기면 그대로 슬금슬금 그만두게 되기 십상이다. '글쓰기'를 습관화하기 위해 내가 추천하는 것은 '온라인 일기를 써서 일주일 뒤에 공개하기'라는 방법이다. 술을 마셨거나 일 때문에 피곤해서 일기를 쓰고 싶지 않은 날이 있더라도 공개하기까지 일주일의 유예기간 중에 한 줄이라도 일기를 쓰면 되니까 지속하기 쉬워진다. 이건 집필과 공개에 간격을 둘 수 있는 온라인 일기 특유의 방법이다.

"무리해서 쓰지 말자. 쉽게 다시 시작할 수 있도록 한다. 온라인 일기를 쓴다."

Q "취재한 건 어떻게 다루면 좋은가"

A 글의 종류에 따라서는 취재나 조사를 빼놓을 수 없다. 공들인 취재와 면밀한 조사는 기사에 설득력과 신뢰감을 준다. 잘 조사하고 쓴 글을 보면 감탄이 나오게 마련이다. 다만 조사한 것을 버릴 수 있다는 각오도 필요하다. 가끔 취재나 조사 결과를 시종일관 나열하기만 하는 기사를 보기도 한다. 심하면 가설이나 지론도 없이 조사 결과만 늘어놓은 글도 있다.

조사한 것을 나열하는 건 누구나 할 수 있다. 글을 쓸 때는 그 글에만 있는 것을 쓰지 않으면 의미가 없다. 취재나 조사는 보강과 증명에 지나지 않기 때문에 그것에 너무 얽매이는 것은 본말 전도다. 취재나 자료에서 자유로워지자. 가끔은 "전부 쓸모없어지더라도 상관없다"는 자세도 필요하다.

"'취재한 것 모두가 쓸모없어지더라도 괜찮다' 정도의 여유를 가진다."

9화 _ 쓴다는 것 끝에서 만나는 것

잼 아저씨와 갑작스럽게 이별하고 일주일이 지났다. 후미오는 글쓰기를 계속하고 있었다. 신경 쓰이는 것이 있으면 쓰고 버리기를 하면서 자신의 말로 구체화하고, 쓰고 싶은 것이 있으면 글을 썼다. '하루에 1000자'라는 목표를 꾸준히 쌓아 올리는 것에서 소소한 기쁨을 느끼고 있었다.

후미오는 본사 최상층에 있는 특별 회의실에 있었다. 사운이 걸린 거대 프로젝트의 정식 멤버로서 첫 회의에 참석하기 위해서였다. 각 부서의 젊은 기대주로 불리는 구성원 속에서 후미오는 긴장을 감출 수 없었다.

하지만 글쓰기를 통해 자신의 힘과 자신의 위치를 알게 된 후미오에게 불안은 없었다. 눈앞에 있는 문제가 아무리 풀기 어려울지라도 '이제부터는 대처할 수 있을 것'이라는 자신감으로 가득 차 있었다.

프로젝트 매니저의 간단한 인사가 있고 나서 모회사 최고 경영자의 인사가 이어졌다. 그는 "여러분과 만나게 된 것은 입사 면접 이래 처음이군요"라며 이야기를 시작했다.

그 목소리는 후미오가 아무도 없는 구내식당에서 듣던 그리운 그 목소리였다.

정리

"이제 슬슬 정리해주시겠습니까?"

글을 쓰는 법에 대해 블로그 집필을 주된 재료로 삼고 내 나름의 생각을 서술했는데, 이제 슬슬 정리하고자 한다.

소리 높여 말하고 싶은 것은 모처럼 주어진 자유는 최대한으로 살려보자는 것이다. 모처럼 글쓰기를 시작했다면 그 자유로운 필드에서 자유롭게 표현해보기 바란다. 타인의 평가나 지금 자신의 작문 기술처럼 자유를 제한하는 것은 모두 머리에서 털어냈으면 한다. 무시해버리자.

자신의 자유를 가장 제한하는 것은 자기 자신의 사고방식과 의식임을 명심하자. 자신을 알게 됨으로써, 자기 나름대로, 어디까지나 자유롭게 글쓰기를 계속할 수 있다.

글쓰기뿐만 아니라 일이나 학업에도 중요한 일이지만 그때그때 전력을 다해서 뭔가를 끝까지 해낸 자신을 스스로 칭찬해주자. 아무도 칭찬해주지 않는 사막과 같은 세상에서 나를 칭찬해주는 사람은 오직 한 사람 자기 자신밖에 없다.

스스로 "할 수 있잖아" 하고 얼간이처럼 주구장창 칭찬하는 얼간이 힘이야말로 계속 글을 쓸 수 있게 해주는 최대의 원동력이 될 것이다.

한 가지 더 소리 높여 말하고 싶은 것은 '쓴다'는 행위에 우열은 없다는 거다. 소설가, 작가, 예능인, 스포츠 선수 등 다양한 사람들이 글을 쓴다. 많이들 읽어주는 글도 있고, 몇 명밖에 읽어주지 않는 글도 있다. 공적으로 쓰이는 발표문도 있고 지극히 사적인 편지도 있다. 글에 대한 평가는 저마다 다르다.

하지만 '쓴다'는 행위에 우열은 없다. '글쓰기'에는 '최고'밖에 없다. 노벨 문학상을 받은 가즈오 이시구로의 '쓰기'도 우리의 '쓰기'도 쓰는 본인들에게는 쓴다는 행동 자체가 '최고'의 가치를 지닌 것이며 거기에 우열 같은 건 없다.

그 '글을 쓰는 시간'과 '글쓰기로 얻을 수 있는 것'은 쓰는 본인에게만 유효한 최고의 보물이다. 나는 그것이 '글쓰기'의 의미라고 생각한다.

"내가 나를 칭찬하고, 내가 나 자신에게 '최고의 팬'이 되자."

우리는 모두 이야기의 주인공

지금까지 글쓰기와 진지하게 씨름해본 적은 없었다. 이 책을 쓰면서 글쓰기라는 행위에 어떤 의미가 있고 글쓰기를 하면 무슨 일이 일어나는지 다시 한번 검증해보고 내가 인식한 것 이상으로 글쓰기가 인생에 영향을 끼치고 있다는 사실을 알아차리게 됐다. 그야말로 인생이 바뀔 만한 수준의 영향이다. '이걸 쓰지 않으면 안 되겠다'고 생각하게 됐다.

이 책을 읽은 독자들이 '쓰고 버리기'부터 시작해서 최종적으로는 이야기를 해줬으면 좋겠다. 이야기를 함으로써 인생을 더 좋게 바꿀 수 있다고 본문에 여러 번 강조했다. 이것은 사실이다. 막연한 상상이나 생각도 말이라는 형태를 부여하면 현실이 될 수 있다. 이 책을 통해서 쓰고 버리기, 세계관을 구축하면서 쓸 거리를 만들기, 그리고 글쓰기에 대해 이야기를 한 이유는 여러분이 이야기해주기를 바라기 때문이다. 독자들이 인생을 자신이 만든 멋진 이야기에 기대어 즐거운 것으로 만들기를 바라기 때문이다. 분명하게 말해 두겠다. 인생이 잘 안 풀리는 사람은 그 생활 속에 '이야기'가 압도적으로 부족하다.

자기 안에 있는 이야기보다 더 큰 이야기를 할 수는 없다. 큰 이야기를 하고 싶다면 자기 안에 있는 이야기를 크게 키우는 수밖에 없다. 세상의 위인이란 사람들은 모두 예외 없이 탐욕스럽고 에너지 넘치는 삶을 산다. 그들은 큰 이야기, 매력적인 이야기를 만들기 위해 자기 안의 세계관과 이야기를 키우고 있기 때문이다.

이 책을 읽어 준 독자들은 부디 이 한 번밖에 살 수 없는 인생을 즐겁게 살기 바란다.

인생은 이야기다. 한 번밖에 없는 인생의 주인공은 나 말고 있을 수 없다. 나를 주인공으로 한 인생이라는 이야기를 더 많이 이야기하고, 그 이야기에 다가가는 삶을 살면서 즐거운 인생을 만들기 바란다. 당신의 인생이라는 이야기를 이야기할 수 있는 것은 이 세상에서 당신뿐이다. 글쓰기는 당신에게 필요한 무기를 줄 것이다. 글쓰기는 당신과 함께 싸워줄 전우다.

머리말에서 '마음먹은 대로 글을 쓸 수 있다' '인생을 좋은 방향으로 흐르게 한다'는 두 개의 바퀴가 있기 때문에 글쓰기를 계속할 수 있었다고 말했다. 어느 한 쪽 바퀴가 없어지면 자전거는 균형이 깨져 앞으로 나아갈 수 없다. 바퀴가 두 개이기 때문에 자전거처럼 균형을 잡으며 인생을 달려 나갈 수 있다. 이 책을 읽어준 사람들이 글쓰기를 통해 인생을 즐길 수 있게 된다면 기쁠 것이다. 이 책을 집어든 당신은 이미 자전거의 페달에 발을 얹었다. 이제는 용기를 가지고 다리에 힘을 주기만 하면 된다. 이전보다도 빠르게 달릴 수 있을 것이다. 훨씬 더 멀리까지 갈 수 있을 것이다. 이제껏 보지 못한 세상이 당신을 기다리고 있다.

마지막으로 이 책을 출판하면서 편집을 담당해주신 이토 나오키를 비롯한 가도카와 출판사의 여러분과 집필하는 데 많은 조언을 해준 야마모리 마이께 감사드립니다.

또 이번 기회에 이런 형태로 세상에 내 의지를 발신할 수 있게 된 것은 블로그와 트위터를 읽어주시는 독자 여러분께서 지지해주신 덕분입니다. 여러분께 진심으로 감사드립니다.

정말 감사합니다.

한승동

〈한겨레 신문〉 창간 멤버로 참여해 30년 간 국제부, 문화부 등에서 기자로 일
했다. 《지금 동아시아를 읽는다》《대한민국 걸어차기》를 썼고, 《예수라는 사나
이》《1★9★3★7 이쿠미나》《정신과 물질》《책임에 대하여》《디아스포라의 눈》
《나의 서양 음악 순례》를 번역했다.

한호정

도쿄 특파원이었던 아버지를 따라가 일본에서 초등학교를 다녔다. 〈한겨레 신
문〉 일본어판 기사 번역 작업에 참여했으며, 《빈둥빈둥 당당하게 니트족으로
사는 법》을 번역했고 《방과 후 3시간》을 공동 번역했다.

신의 문장술

2022년 10월 28일 초판 1쇄 발행

■ 지은이 ――――― 후미코 후미오
■ 옮긴이 ――――― 한승동, 한호정
■ 펴낸이 ――――― 한예원
■ 편집 ――――――― 이승희, 윤슬기, 양경아, 김지희, 유가람
■ 본문 조판 ――― 성인기획
■ 펴낸곳 교양인
　　　　　우04020 서울 마포구 포은로 29 202호
　　　　　전화 : 02)2266-2776 팩스 : 02)2266-2771
　　　　　e-mail : gyoyangin@naver.com
　　　　　출판등록 : 2003년 10월 13일 제2003-0060

ⓒ 교양인, 2022
ISBN 979-11-87064-95-4　03800